WILLIAM SHAKESPEARE

Das Wintermärchen

ÜBERSETZT VON DOROTHEA TIECK
HERAUSGEGEBEN VON DIETRICH KLOSE

PHILIPP RECLAM JUN. STUTTGART

Englischer Originaltitel: The Winter's Tale

Umschlagabbildung: Aus Johann Heinrich Füsslis Illustrationen zu Chalmers' *Shakespeare*. Stich von I. Neagle (1803).

Universal-Bibliothek Nr. 152

Gesamtherstellung: Reclam, Ditzingen. Printed in Germany 1994

ISBN 3-15-000152-8

PERSONEN

Leontes, *König von Sizilien*
Hermione, *seine Gemahlin*
Mamillius, Perdita, *seine Kinder*
Camillo, Antigonus, Cleomenes, Dion, *vornehme Sizilianer*
Herren vom Hofe und Sizilianische Edelleute
Paulina, *Antigonus' Gemahlin*
Emilia, *Kammerfrau der Königin*
Hofdamen
Ein Beamter und mehrere Gerichtsdiener
Ein Kerkermeister
Ein Matrose
Polyxenes, *König von Böhmen*
Florizel, *sein Sohn*
Archidamus, *am Hofe des Königs*
Ein alter Schäfer
Sein Sohn
Autolicus, *ein Spitzbube*
Mopsa und Dorcas
Schäferinnen, Schäfer, Knechte
Die Zeit als Chorus

Die Szene ist in Sizilien und Böhmen[1]

1. Diese Angabe fehlt im Tieckschen Original.

ERSTER AUFZUG

Sizilien. Ein Zimmer in Leontes' Palast.

ERSTE SZENE

(Camillo und Archidamus treten auf.)

Archidamus. Wenn es sich einmal treffen sollte, Camillo, daß Ihr Böhmen besuchtet, bei einer ähnlichen Veranlassung, als mich jetzt in meinem Dienst hieher geführt, so werdet Ihr, wie ich schon gesagt habe, einen großen Unterschied zwischen unserm Böhmen und Euerm Sizilien finden.

Camillo. Ich glaube, den nächsten Sommer gedenkt der König von Sizilien dem König von Böhmen den Besuch zu erwidern, den er ihm schuldig ist.

Archidamus. Worin unsre Bewirtung uns beschämen sollte, das wird unsre Liebe entschuldigen; denn, in der Tat –

Camillo. Ich bitte Euch –

Archidamus. In der Tat, ich spreche aus der Vollmacht meiner Überzeugung: wir können nicht mit dieser Pracht – in so ausgesuchter – ich weiß nicht, was ich sagen soll. – Wir werden Euch einen Schlaftrunk geben, damit Eure Sinne, unsre Unzulänglichkeit nicht empfindend, uns, wenn sie uns auch nicht loben können, doch ebensowenig anklagen mögen.

Camillo. Ihr bezahlt viel zu teuer, was gern gegeben wird.

Archidamus. Glaubt mir, ich sage, was meine Einsicht mich lehrt und meine Redlichkeit mich nötigt auszusprechen.

Camillo. Sizilien kann Böhmen nie zuviel Huld erweisen. Sie wurden in der Kindheit miteinander auferzogen, und da wurzelte eine solche Liebe zwischen ihnen, daß sie jetzt wohl Zweige treiben muß. Seit ihre reifere Würde und ihre königlichen Pflichten ihr Beisammensein trennten, waren ihre Begegnungen, obwohl nicht persönlich, doch königlich bevollmachtet und tauschten Gaben, Briefe, liebevolle Botschaften, so daß sie, obwohl getrennt, doch vereint schienen, wie über einen Abgrund einander die

Hände reichten und sich gleichsam von den Enden entgegengesetzter Winde umarmten. Der Himmel erhalte ihre Freundschaft!

Archidamus. Ich glaube, es gibt in der Welt keine Bosheit oder Veranlassung, die sie erschüttern könnte. Ihr habt einen unaussprechlichen Trost an Euerm jungen Prinzen Mamillius, er ist ein Wesen, das die größten Erwartungen erregt; ich sah nie seinesgleichen.

Camillo. Gern stimme ich Euch in den Hoffnungen auf ihn bei, er ist ein herrliches Kind und, wahrlich, ein Heilmittel für den Untertan und eine Erfrischung alter Herzen; die, welche auf Krücken gingen, ehe er geboren ward, wünschen noch zu leben, um ihn als Mann zu sehn.

Archidamus. Würden sie denn sonst gern sterben?

Camillo. Ja, wenn sie keinen andern Vorwand hätten, sich ein längeres Leben zu wünschen.

Archidamus. Wenn der König keinen Sohn hätte, so würden sie wünschen, auf Krücken zu gehen, bis er einen bekäme.

(Beide gehen ab.)[2]

ZWEITE SZENE

(Es treten auf Leontes, Polyxenes, Hermione, Mamillius und Gefolge.)

Polyxenes.
Schon neunmal gab des feuchten Sternes Wechsel
Dem Schäfer Kunde, seit der Bürd' entledigt
Wir ließen unsern Thron; soviele Monde
Sollt' unser Dank, geliebter Bruder, füllen;
Und dennoch gingen wir für ew'ge Zeit
Als Euer Schuldner fort; drum, gleich der Null
An reichen Platz gestellt, laßt mich dies eine
Wir danken Euch zu Tausenden vermehren,
Die ihm vorangehn.

Leontes. Spart noch Euern Dank;
Und zahlt ihn, wenn Ihr reist.

Polyxenes. Herr, das ist morgen.
Mich mahnt die Furcht, was wohl geschehn sein mag,

2. Eingefügt nach der Lesart der modernen Ausgaben, die außerdem den folgenden Auftritt als »Zweite Szene« anführen.

Was unser Fernsein zeugte; bläst nur nicht
Ein scharfer Wind daheim und macht uns sagen,
Zu sehr nur traf es ein! Auch weilt' ich schon
Euch zur Beschwer.

Leontes. Wir sind zu zäh, mein Bruder,
Damit setzt Ihr's nicht durch.

Polyxenes. Ich kann nicht bleiben.

Leontes. Nur eine Woche noch.

Polyxenes. Nein wahrlich, morgen.

Leontes. So laßt die Zeit uns teilen, und dann will ich
Nicht widersprechen.

Polyxenes. Bitt Euch, drängt mich nicht;
Kein Mund, nein, keiner in der Welt, gewinnt mich
So leicht als Eurer; und er würd' es jetzt,
Trieb' Zwang Euch zum Gesuch, wenn auch mich Zwang
Zum Weigern nötigte. Des Staats Geschäfte
Ziehn mich gewaltsam heimwärts; Eure Liebe,
Dies hindernd, würde Geißel mir; mein Bleiben
Euch Last und Unruh'; beides zu vermeiden,
Lebt wohl, mein Bruder!

Leontes. Ist unsre Königin verstummt? Sprich du.

Hermione. Ich dachte, Herr, zu schweigen, bis Ihr Eide
Ihm abgezwungen, nicht zu bleiben. Kalt nur
Bestürmt Ihr ihn; sagt ihm, Ihr wißt, es stehe
In Böhmen alles gut; die frohe Botschaft
Sei gestern angekommen; sagt ihm dies,
So schlagt Ihr ihn aus seiner besten Schanze.

Leontes. Recht so, Hermione.

Hermione. Sagt er, er sehnt sich nach dem Sohn, das gilt;
Doch laßt's ihn sagen, und dann laßt ihn gehn;
Laßt's ihn beschwören, und er soll nicht bleiben,
Wir treiben ihn mit unsern Spindeln fort.
Doch wag ich's, Eurer hohen Gegenwart
'ne Woche abzuborgen. Wenn in Böhmen
Euch mein Gemahl besucht, geb ich ihm Vollmacht
Für einen Monat länger, als die Zeit
Bestimmt zur Reis': und doch fürwahr, Leontes,
Kein Haarbreit wen'ger lieb ich dich, als je
Ein Weib den Mann geliebt. – Ihr bleibt?

Polyxenes. Nein, Fürstin.

Hermione. O ja, Ihr tut's.

Polyxenes. Ich kann nicht, wahrlich!

Hermione. Wahrlich!
Ihr weist mich ab mit leichtem Schwur; doch ich,
Wollt Ihr die Stern' auch aus den Sphären schwören,
Ich sagte doch: Herr, nichts von Reisen. Wahrlich,
Ihr bleibt; das Wahrlich einer Frau ist gültig
Wie immer das des Manns. Wollt Ihr noch fort?
Ihr zwingt mich, als Gefangnen Euch zu halten
Und nicht als Gast; dann zahlt Ihr, wenn Ihr scheidet,
Für Eure Kost und spart den Dank. Was sagt Ihr?
Gefangner oder Gast? Bei jenem Wahrlich:
Eins müßt Ihr sein.
Polyxenes. Eu'r Gast denn, Königin;
Gefangner setzt Beleidigung voraus,
Die zu begehn mir schwerer fallen würde,
Als Euch zu strafen.
Hermione. Dann nicht Kerkermeister,
Nein, liebevolle Wirtin. Kommt, erzählt mir,
Von meines Herrn und Euren Knabenstreichen;
Ihr wart wohl muntre Herrchen?
Polyxenes. Schöne Fürstin,
Zwei Buben, die nicht weiter vorwärts dachten,
Als, solch ein Tag wie heut sei morgen auch,
Und daß wir ewig Knaben bleiben würden.
Hermione.
War nicht mein Herr der ärgste Schalk von beiden?
Polyxenes.
Wir waren Zwillingslämmern gleich, die blökend
Im Sonnenscheine miteinander spielten;
Nur Unschuld tauschten wir für Unschuld; kannten
Des Unrechts Lehre nicht, noch träumten wir,
Man täte Böses; lebten wir so weiter,
Und stieg' nie höher unser schwacher Geist
Durch heißres Blut, wir könnten kühn dem Himmel
Einst sagen: *Frei von Schuld*, die abgerechnet,
Die unser Erbteil.
Hermione. Daraus muß man schließen,
Ihr straucheltet seitdem.
Polyxenes. O heil'ge Fürstin,
Versuchung ward seitdem uns; denn in jenen
Unflüggen Tagen war mein Weib ein Kind;
Und Eure Schönheit war noch nicht dem Blick
Des Spielgenoss' begegnet.

Hermione. Gnad' uns Gott!
Zieht daraus keinen Schluß, sonst nennt Ihr mich
Und Eure Kön'gin Teufel; doch fahrt fort,
Was ihr durch uns gefehlt, vertreten wir;
Wenn ihr mit uns zuerst gesündigt habt
Und nur mit uns die Sünde fortgesetzt
Und nie mit andern als mit uns gestrauchelt.
Leontes. Gewannst du ihn?
Hermione. Er bleibt.
Leontes. Und wollt' es nicht auf meine Bitte.
Hermione, Geliebte, niemals sprachst du
So gut zum Zweck.
Hermione. Niemals?
Leontes. Niemals, nur einmal noch.
Hermione.
Wie? sprach ich zweimal gut? wann war es früher?
Ich bitte, sag es mir; füttr' uns mit Lob
Wie zahme Vögelchen.
Die gute Tat, die ungepriesen stirbt,
Würgt tausend andre, die sie zeugen könnte.
Eu'r Lob ist unser Lohn; eh' treibt ihr uns
Mit einem sanften Kusse tausend Meilen
Als mit dem Sporn zehn Schritt nur. Doch zum Ziel;
Die letzte gute Tat war, ihn erbitten;
Was war die erste? wenn ich recht verstand,
Hat sie 'ne ältre Schwester: oh, sei Gnad' ihr Name!
Zum Zweck sprach ich schon einmal. Wann? O laßt
Mich hören, mich verlangt's.
Leontes. Nun, das war damals:
Drei bittre Monde starben langsam hin,
Eh' ich's erlangt, daß du die weiße Hand
Mir als Geliebte reichtest, und da sprachst du:
Ich bin auf ewig dein.
Hermione. Ja, das war Gnade.
Ei seht, so sprach ich zweimal denn zum Zweck:
Eins warb auf immer mir den edlen Gatten,
Das andre mir den Freund auf wen'ge Tage.
(Sie reicht Polyxenes die Hand.)
Leontes *(für sich)*. Zu heiß, zu heiß!
So heftig Freundschaft einen, eint das Blut.
Die Brust ist mir beklemmt, es tanzt mein Herz,
Doch nicht aus Freude, Freude nicht – Solch traulich Wesen

Nimmt heitern Schein, erklärt die Freiheit nur
Für Freundschaft, Herzlichkeit und Seelengüte,
Und zierlich mag's dem Spieler stehn, es mag;
Doch mit den Händen tätscheln, Finger drücken,
Wie jetzt sie tun; dabei bedeutend lächeln,
Wie in den Spiegel, seufzen dann, so tief,
Wie ein verendend Wild, solch traulich Wesen
Gefällt nicht meinem Herzen, nicht der Stirn. –
Mamillius,
Bist du mein Jung'?

Mamillius. Ja, Väterchen.

Leontes. Mein Seel?[3]
Ja, bist mein Bengel. Wie, die Nase schmutzig? –
Sie sagen, daß sie meiner gleicht. Komm, Kerl,
Wir müssen schmuck sein, schmuck nicht, sondern rein;
Denn geht nicht Stier und Kalb und Kuh, ein jedes
Im Schmuck des Haupts einher? Noch immer spielend
Auf seiner Hand? Wie geht's, mein muntres Kalb?
Bist du mein Kalb?

Mamillius. Ja, Vater, wie du willst.

Leontes. Dir fehlt ein rauher Kopf und meine Sprossen,
Um ganz mir gleich zu sein; – doch, sagt man, gleichen
Wir uns wie Wassertropfen; Weiber sagen's,
Die sagen alles: doch wären sie so falsch
Wie aufgefärbtes Schwarz, wie Wind und Wasser;
Falsch, wie sich der die Würfel wünscht, der Mein
Und Dein nicht trennen will; doch ist es Wahrheit,
Zu sagen, daß dies Kind mir gleicht, – Komm, Page,
Blick mit dem Himmelsaug' mich an, du Schelm!
Mein Herz! mein Schatz! – Kann deine Mutter? – kann sie? –
Affekt! dein Ahnen bohrt zum Mittelpunkt;
Das machst du möglich, was unmöglich schien,
Verkehrst mit Träumen? – (Wie kann dies geschehn?)
Mit Schatten, du einbildungsfäh'ge Kunst,
Und bist dem Nichts verbrüdert; nun, wie glaublich,
Daß du auch Wesen dich gesellst; so ist's;
(Und das jenseit des Wahnes[4], und ich fühl es)
Und das bis zur Vergiftung meines Hirns
Und meiner Stirn Verhärtung.

3. *I' fecks!* (Wahrlich!)
4. *And that beyond commission* (Und das über die Vollmacht hinaus).

Polyxenes. Was ist dem König?
Hermione. Es scheint, als quäl' ihn was.
Polyxenes. Wie steht's, mein Fürst?
Leontes.
Was gibt's? wie geht es Euch, mein bester Bruder?[5]
Hermione. Ihr habt ein Ansehn,
Als wär' die Stirn Euch von Gedanken schwer.
Herr, fehlt Euch etwas?
Leontes. Nein, in vollem Ernst. –
Wie oft verrät Natur die eigne Torheit
Und Zärtlichkeit und macht sich zum Gespött
Für härtre Seelen! hier, des Knaben Antlitz
Betrachtend, war es mir, als ging' ich rückwärts
Um dreiundzwanzig Jahr; so sah ich mich
Im grünen Kinderröckchen, in der Scheide
Fest meinen Dolch, daß er den Herrn nicht stoße,
Und so, wie Putzwerk oft, gefährlich werde.
Wie ähnlich, dünkt mich, war ich da der Knospe,
Dem Sproß da, diesem Herrchen; – starker Mann[6],
Nimmst du statt Silberstüber Nasenstüber?
Mamillius. O nein, ich schlage los.
Leontes.
So? wer's trifft, hat den Preis! – Mein teurer Bruder,
Seid Ihr in Euern Prinzen so verliebt,
Wie wir in unsern sind?
Polyxenes. Bin ich daheim,
Ist er mein Ziel für Scherz und Ernst, mein Spielwerk,
Jetzt mein geschworner Freund und dann mein Feind,
Mein Höfling, mein Minister, mein Soldat,
Er kürzt mir Juli zu Dezembertagen,
Und heilt durch tausend Kinderei'n Gedanken,
Die sonst mein Blut verdickten.
Leontes. Ganz das Amt
Hat dieser Herr bei mir; ich geh mit ihm,
Ihr geht wohl ernstern Weg. – Hermione,
Wie du mich liebst, zeig' unsers Gasts Bewirtung;
Was kostbar in Sizilien, werde wohlfeil;
Mit dir und meinem kleinen Schelm ist er
Der Nächste meinem Herzen.

5. Dieser Satz wird offensichtlich noch von Polyxenes gesprochen. Die Folio irrt hier.
6. *mine honest friend* (mein ehrlicher Freund).

Hermione. Sucht Ihr uns,
So trefft Ihr uns im Garten; kommt Ihr bald?
Leontes.
Geht Eurer Neigung nach, ich find Euch schon,
Bleibt Ihr am Tageslicht; – *(beiseit)* ich angle jetzt,
Wenn Ihr auch nicht die Schnur mich werfen seht.
Schon gut, schon gut!
(Er beobachtet Polyxenes und Hermione.)
Wie sie nach ihm den Mund, den Schnabel reckt!
Und sich mit eines Weibes Frechheit rüstet,
Des Mannes Schwachsinn trauend![7] Ha, schon fort!
(Polyxenes und Hermione gehn mit Gefolge ab.)
Zolldick, knietief, über Kopf und Ohr gehörnt. –
Geh, spiel, Kind, deine Mutter spielt, auch ich;
Doch meine Roll' ist schmachvoll, und der Schluß
Wird in mein Grab mich zischen; Hohngeschrei
Mir Sterbeglocke sein. – Geh, Kind, und spiel. –
Auch sonst gab's, irr ich nicht, betrogne Männer;
Und manchen gibt's noch jetzt im Augenblick,
Der, grad' indem ich sprech, umarmt sein Weib; –
Er träumt nicht, daß sie ihm ward abgeleitet,
Sein Teich vom nächsten Nachbar ausgefischt,
Ja, vom Herrn Nachbar Lächler, das ist Trost;
Auch andre haben Tor', und offne Tore,
Wie ich, sehr wider Willen. Soll verzweifeln,
Wem sich sein Weib empört, so hängte sich
Der Menschheit Zehntel. Dafür hilft kein Arzt.
Es ist ein kupplerisch Gestirn, das trifft,
Wo es regiert, und mächtig muß es sein
In Ost, West, Nord und Süd; drum steht es fest,
Für eine Frau[8] ist keine Grenzensperre;
O glaubt's! sie läßt den Feind herein, hinaus,
Mit Sack und Pack. Viel Tausend unter uns,
Die diese Krankheit haben, fühlen's nicht. –
Nun, Knabe?
Mamillius. Man sagt, ich gleich Euch.
Leontes. Ja, das ist noch Trost.
Wie, ist Camillo hier?
Camillo. Ja, teurer Herr.

7. *To her allowing husband* (Gegenüber ihrem großzügig gewährenden Mann).
8. *belly* (Bauch, Lüsternheit); entsprechend das Folgende.

Leontes. Geh spielen, Kind; du bist ein ehrlich Blut. –
(Mamillius geht ab.)
Der große König bleibt noch hier, Camillo.
Camillo. Viel Mühe macht's Euch, eh' sein Anker hielt,
Sooft Ihr auswarft, wich er.
Leontes. Merktest du's?
Camillo. Auf Eure Bitten blieb er nicht; ihm schien
Zu wichtig sein Geschäft.
Leontes. Hast du's beachtet?
Sie passen mir schon auf; sie flüstern, murmeln:
Sizilien ist ein solcher: das geht weit,
Fällt mir's zuletzt ins Aug'. – Wie kam's, Camillo,
Daß er noch bleibt?
Camillo. Die gute Kön'gin bat ihn.
Leontes. Die Kön'gin, ja; gut wäre angemessen;
Doch so ist's, daß es nicht so ist. Griff dies
Nur ein so kluger Kopf wie deiner auf?
Denn dein Verstand saugt ein, nimmt in sich auf
Mehr als gemeiner Dummkopf; – dies ward nur
Von schärferm Sinn beachtet? und von wen'gen,
Durchdringend im Verstand? die gröbre Masse
Ist wohl stockblind für diesen Handel? Sprich!
Camillo. Für diesen Handel? Jeder, denk ich, sieht,
Daß Böhmen länger bleibt.
Leontes. Wie?
Camillo. Länger bleibt.
Leontes. Ja, doch weshalb?
Camillo. Um Eurer Hoheit Bitte zu befried'gen,
Und unsrer gnäd'gen Fürstin.
Leontes. Zu befried'gen?
Die Bitten Eurer Fürstin zu befried'gen? –
Das ist genug. Camillo, dir vertraut' ich,
Was mir zunächst am Herzen lag, wie auch
Mein Staatsgeheimnis; priesterlich entludest
Du mir die Brust; und stets gebessert schied ich
Von dir, wie von dem Beicht'ger; doch wir wurden
Getäuscht in deiner Redlichkeit, getäuscht
In dem, was so uns schien.
Camillo. Verhüt' es Gott!
Leontes. So starr zu sein![9] – Du bist nicht ehrlich, oder

9. *To bide upon't, thou ...* (Um dabei zu bleiben / ich bleibe dabei, du ...)

Willst du es sein, bist du 'ne Memme doch,
Die Ehrlichkeit von rückwärts lähmt und hemmt
Im festen Lauf; oder du bist ein Diener,
Zum edelsten Vertrauen eingeweiht,
Und hierin lässig; oder sonst ein Tor,
Der falsches Spiel, den Satz verloren sieht
Und alles nimmt für Scherz.

Camillo. Mein gnäd'ger Herr,
Wohl mag ich lässig, töricht, furchtsam sein;
Kein Mensch ist frei von allen diesen Fehlern.
Daß seine Torheit, Lässigkeit und Furcht
Nicht in des Lebens mannigfachem Treiben
Sich öfter zeigt; in Euren Sachen, Herr,
Wenn jemals ich mit Willen lässig war,
So war es Torheit; wenn ich wissentlich
Den Toren spielte, war es Lässigkeit,
Die nicht das End' erwog; und war ich furchtsam,
Zu handeln, wo der Ausgang mißlich schien
Und der Erfolg nachher wohl schelten durfte
Die Unterlassung – war es eine Furcht nur,
An der auch oft der Weise krankt; dies, König,
Sind so bekannte Fehl', daß Ehrlichkeit
Stets daran leidet. Doch, mein hoher König,
Sprecht frei heraus, und zeigt mir mein Vergehn
Mit eignem Antlitz; wenn ich dann es leugne,
So ist's nicht mein.

Leontes. Camillo, sahst du nicht,
(Doch ja, du mußtest; ist dein Augenfenster
Nicht dicker als ein Hahnreihorn); hörtst du
(Denn wo der Augenschein so klar, da kann
Gerücht nicht schweigen), dachtst du (denn Gedanke
Lebt in dem Menschen nicht, der das nicht denkt[10]),
Mein Weib sei ungetreu? Bekenn es gleich
(Sonst mußt mit frecher Stirn du auch verleugnen
Gedank' und Aug' und Ohr), dann sprich, es sei
Mein Weib ein Steckenpferd und schmählicher
Zu nennen als die Viehmagd, die sich hingibt
Vor der Verlobung. Gesteh's und sage ja.

Camillo. Nie ständ' ich wohl dabei und hörte so
Beschimpfen meine höchste Fürstin; nein,

10. *that does not think* (der nicht denkt).

Zur Rache schritt' ich schnell. Bei meinem Leben,
Nie spracht Ihr etwas, das Euch wen'ger ziemte;
Es wiederholen wäre Sünde, greulich
Wie jene, wär' sie wahr.

Leontes. Ist Flüstern nichts?
Und Wang' an Wange lehnen? Nas' an Nase?
Mit innern Lippen küssen? durch 'nen Seufzer
Den Lauf des Lachens hemmen? (sichres Zeichen
Gebrochner Ehre) – setzen Fuß auf Fuß?
In Winkel kriechen? Uhren schneller wünschen?
Die Stunde zur Minut' und Tag zur Nacht?
Und aller Augen blind, stockblind, nur ihre
Nicht, ihre nicht,
Um ungesehn zu freveln? ist das nichts?
Dann ist die Welt und was darin ist nichts,
Des Himmels Wölbung nichts und Böhmen nichts,
Mein Weib ist nichts und nichts in all dem Nichts,
Wenn dies nichts ist.

Camillo. Oh, laßt Euch heilen, Herr,
Von diesem Fieberwahn, und das beizeiten,
Denn er ist tödlich.

Leontes. Sprich, sag: ja, es ist.[11]

Camillo. Nein, nein! mein Fürst.

Leontes. Es ist; du lügst, du lügst;
Ich sag, du lügst, und hasse dich, Camillo;
Nenn dich 'nen Tropf und sinnberaubten Sklaven,
Wo nicht, zweizüng'gen Achselträger, der
Zugleich dasselb' als gut und böse sieht
Und beides lobt. Wär' meines Weibes Leber
Vergiftet, wie ihr Leben, stürbe sie
Mit dieser Stunde.

Camillo. Wer vergiftet sie?

Leontes. Nun er, dem wie ein Ehrenschmuck sie um
Den Nacken hängt, der Böhme; der – hätt' ich
Noch treue Diener, die mit gleichen Augen
Auf meine Ehr' und ihren Vorteil schauten,
Auf ihren eignen Nutzen – sie wohl täten,
Was hemmte jenes Tun; jawohl, und du,
Sein Mundschenk – den aus niederm Stand ich hob
Zu Rang und Würden, der so klar es sieht,

11. *Say it be, 'tis true* (Bestätige es [daß dies nichts ist]; es ist wahr).

Wie Himmel Erde sieht und Erde Himmel,
Wie ich gekränkt bin –, kannst den Becher würzen,
Der meinem Feind ein ew'ger Schlaftrunk würde,
Mir stärkend Heilungsmittel.

Camillo. Herr, mein Fürst,
Tun könnt' ich's wohl, und nicht durch rasche Mittel,
Nein, durch ein langsam zehrendes, das scharf
Nicht wirkt, wie Gift; doch kann ich nimmer glauben,
Daß solch ein Makel meine Fürstin traf,
Die auf der Ehre höchstem Gipfel steht.
Ich liebt' Euch –

Leontes. Sei verdammt, wenn du noch zweifelst!
Denkst, ich sei so verschlammt, so ganz verwahrlost,
Mir selbst zu schaffen diese Qual? die Weiße
Und Reinheit meines Lagers zu besudeln,
Das ungekränkt mir Schlaf ist, doch befleckt
Mich sticht wie Nesseln, Dornen, gift'ge Wespen?
Das Blut des Prinzen, meines Sohns, zu schmähen,
Der, glaub ich, mein ist, den ich lieb als mein –
Ohn' überlegten Antrieb? Tät' ich dies?
Ist wohl ein Mensch so toll?

Camillo. Ich muß Euch glauben;
Ich tu's und schaff Euch Böhmen auf die Seite,
Vorausgesetzt, Eure Hoheit schenkt der Kön'gin,
Ist jener fort, die vor'ge Liebe wieder;
Schon Euers Sohnes halb', wie auch, zu fesseln
Die Lästerzungen all der Reich' und Höfe,
Die Euch befreundet und verwandt.

Leontes. Du rätst mir,
Wie ich den eignen Weg mir schon erwählt:
Ich will die Ehr' ihr nicht beflecken, nein.

Camillo. Mein König,
So geht; und heitern Angesichts, wie nur
Die Freundschaft zeigt bei Festen, sprecht mit Böhmen
Und Eurer Königin; ich bin sein Mundschenk,
Wenn er von mir gesunden Trank erhält,
So zählt mich zu den Euren nicht.

Leontes. Genug;
Tu's, so ist dein die Hälfte meines Herzens,
Tu's nicht, so spaltst du deins.

Camillo. Ich tu's, mein Fürst.

Leontes. So will ich freundlich scheinen, wie du rietest.

(Er geht ab.)

Camillo. O unglücksel'ge Frau! – Doch, weh, wie steht es
Nun um mich selbst? Ich soll der Mörder werden
Des gütigen Polyxenes; kein Antrieb,
Als meines Herrn Gebot; und eines Herrn,
Der in Empörung mit sich selbst verlangt,
Daß mit ihm rast, wer ihm gehört. – Es tun
Befördert mich; wenn ich ein Beispiel fände
Von Tausenden, die Mord gesalbter Kön'ge
Zum Glück erhob, so tät' ich's nicht; doch so,
Da Erz, Stein, Pergament nicht eins bewahrt,
Verschwör' es selbst die Schändlichkeit. Verlassen
Muß ich den Hof; Tun, Nichttun, beides bricht
Den Hals mir sicher. Glücksstern, geh mir auf!
Hier kommt Polyxenes.

(Polyxenes tritt auf.)

Polyxenes. Seltsam! mich dünkt,
Im Sinken hier sei meine Gunst. Nicht sprechen?
Camillo, guten Tag.

Camillo. Heil, teurer König!

Polyxenes. Was gibt's am Hofe Neues?

Camillo. Nichts Besondres.

Polyxenes. Der König blickt so ernst, als ging verloren
Ihm eine der Provinzen, ein Gebiet,
Das wie sich selbst er liebt; ich traf ihn eben
Und grüßt' ihn auf gewohnte Art; doch er,
Den Blick zur Seite werfend und verächtlich
Die Lippe beißend, eilt vorüber, läßt
Mich sinnend stehn, was sich wohl zugetragen,
Das seine Sitten so verwandelt.

Camillo. Herr,
Nicht wag ich, es zu wissen.

Polyxenes.
Wie! wagst du's nicht? Du weißt's und wagst es nicht
Mir mitzuteilen? Ja, so ist's gemeint;
Denn was du weißt, das mußt du dir doch sagen,
Nicht wag ich's paßt da nicht. Du guter Mann,
Dein Blick ist, so verwandelt, mir ein Spiegel,
Der mir den meinen auch verwandelt zeigt;
Mich muß der Wechsel angehn, da ich selbst
Auch mit verwechselt bin.

Camillo. Es gibt ein Übel,

Das manchen aufreibt, doch die Krankheit nennen,
Das kann ich nicht; auch kam die Ansteckung
Von Euch, der Ihr gesund.

Polyxenes. Wie das? von mir?
Nein, gib mir nicht des Basilisken Auge,
Ich sah auf Tausend, die nur mehr gediehn
Durch meinen Blick; Tod bracht' er nie. – Camillo –
So wie ein Edelmann du bist und auch
Gelehrt, erfahren (was nicht wen'ger ziert
Den Adel als der Väter edle Namen,
Durch die wir adlig sind) –, beschwör ich dich,
Weißt etwas du, das meinem Wissen frommt –
Werd ich davon belehrt, so sperr es nicht
In den Verschluß des Schweigens.

Camillo. Ich kann nichts sagen.

Polyxenes. Krankheit, die ich gebracht, und ich gesund!
Du mußt es sagen. – Hörst du wohl, Camillo,
Bei jeder Pflicht des Manns beschwör ich dich,
Die heilig ist der Ehr' – und diese Bitte
Ist wahrlich nicht verächtlich –, gib mir Aufschluß,
Was du von einem nahnden Übel weißt,
Das auf mich zuschleicht, ob es fern, ob nah;
Wie (wenn dies möglich ist) ihm vorzubeugen,
Wo nicht, wie sich's am besten trägt.

Camillo. So hört:
Ihr selbst höchst ehrenvoll, beschwört mich bei
Der Ehre; darum merket meinen Rat,
Den Ihr befolgen müßt so schnell, als ich
Ihn geben kann, sonst haben beide wir
Das Spiel verloren und zu Ende ist's.

Polyxenes. Fahr fort, Camillo.

Camillo. Ich bin von ihm bestellt, Euch zu ermorden.

Polyxenes. Von wem?

Camillo. Von meinem König.

Polyxenes. Und weshalb?

Camillo. Er denkt, ja schwört mit vollster Zuversicht,
Als ob er's sah und selbst ein Werkzeug war,
Euch anzuketten – daß auf frevle Weise
Die Kön'gin Ihr berührt.

Polyxenes. Zu Gift dann eitre
Mein reinstes Blut, geschmiedet sei mein Name
An jenen, der den Heiligsten verriet!

Mein unbefleckter Ruf werd' eine Fäulnis,
Durch die mein Nahn dem stumpfsten Sinn ein Ekel;
Und meine Gegenwart sei scheu vermieden,
Ja, und gehaßt mehr als die schlimmste Pest,
Die das Gerücht und Bücher je geschildert!

Camillo. Schwört Ihr auch gegen seinen Wahn bei jedem
Besondern Stern und seinem Himmelseinfluß,
Könnt Ihr doch leichter wohl der See verbieten,
Dem Monde zu gehorchen, als durch Schwur
Ihr wegschiebt oder durch Vernunft erschüttert
Das Bauwerk seiner Torheit, dessen Grund
Auf seinem Glauben ruht und dauern wird,
Solang sein Leib besteht.

Polyxenes. Woher entsprang dies?

Camillo. Ich weiß nicht; doch gewiß, zu fliehn ist sichrer
Das, was uns droht, als fragen, wie's entsprang.
Deshalb, vertraut Ihr meiner Redlichkeit,
Die dieser Leib verschließt, den Ihr als Pfand
Sollt mit Euch nehmen – macht Euch auf zu Nacht.
Die Euren will ich in Geheim belehren,
Und durch verschiedne Pförtchen schaff ich sie
Zu zwei'n, zu drei'n zur Stadt hinaus; ich selbst,
In Euerm Dienst such ich mein Glück, das hier
Durch die Entdeckung stirbt. Bedenkt Euch nicht,
Denn ich, bei meiner Eltern Ehre, sprach
Die reinste Wahrheit; wollt Ihr dies erprüfen,
So weil ich nicht, und Ihr seid hier nicht sichrer
Als einer, den des Königs eigner Mund
Verurteilt und die Hinrichtung geschworen.

Polyxenes. Ich glaube dir, ich sah in seinem Antlitz
Sein Herz. Gib mir die Hand, sei mein Pilot,
Und du sollst immer mir der Nächste bleiben.
Die Schiffe sind bereit, und meine Leute
Erwarten schon die Abfahrt seit zwei Tagen.
Die Eifersucht verfolgt ein kostbar Wesen
Und wird so groß, wie jenes einzig ist;
Er, im Besitz der Macht, wird furchtbar toben,
Und da er glaubt, er sei durch einen Mann
Entehrt, der immer ihm der Nächste war,
So muß dies seine Rache bittrer schärfen.
Mich überschattet Furcht:
Beglückter Ausgang sei mein Freund und tröste

Die holde Kön'gin, die dies Unglück teilt,
Doch unverdient den bösen Argwohn! Komm,
Wie einen Vater ehr ich dich, wenn du
Mich ungekränkt von hier bringst; laß uns fliehn.

Camillo. Es stehn mir durch mein Ansehn alle Schlüssel
Der Tore zu Gebot; gefällt's Eu'r Hoheit,
Dem Drang des Augenblicks zu folgen: kommt.
(Sie gehn ab.)

ZWEITER AUFZUG

ERSTE SZENE

Sizilien, im Palast.

(Hermione, Mamillius und Hofdamen.)

Hermione.
Nehmt Ihr den Knaben, denn er quält mich so,
Ich kann es nicht ertragen.

Erste Dame. Kommt, mein Prinz,
Wollt Ihr zum Spielkam'rad mich haben?

Mamillius. Nein,
Dich mag ich nicht.

Erste Dame. Weshalb, mein süßer Prinz?

Mamillius. Du küssest mich und sprichst mit mir, als wär'
Ich noch ein kleines Kind. – Dich hab ich lieber.

Zweite Dame. Und warum das, mein Prinz?

Mamillius. Nicht etwa, weil
Du schwärzre Brauen hast; doch schwarze Brauen,
Sagt man, sind schön bei manchen Frau'n, nur muß
Nicht zu viel Haar darin sein, nur ein Bogen,
Ein Halbmond, fein gemacht wie mit der Feder.

Zweite Dame. Wer lehrt' Euch das?

Mamillius.
Ich lernt' es selbst aus Frau'ngesichtern. – Sprich,
Von welcher Farb' sind deine Brauen?

Erste Dame. Blau.

Mamillius. Ach, Spaß! einmal sah ich bei einer Frau
Die Nase blau, doch nicht die Brauen.

Erste Dame.[12] Hört:
Die Kön'gin, Eure Mutter, kommt bald nieder,
Dann werden einem hübschen neuen Prinzen
Wir dienen, und Ihr spaßtet gern mit uns,
Wenn wir Euch möchten.
Zweite Dame. Ja, sie ward seit kurzem
Sehr stark; Gott schenk' ihr eine gute Stunde!
Hermione.
Ei, welche Weisheit kramt Ihr aus? Komm, Freund,
Für dich bin ich nun wieder; setz dich zu mir,
Erzähl ein Märchen.
Mamillius. Lustig oder traurig?
Hermione. So lustig wie du willst.
Mamillius. Ein traurig Märchen
Paßt für den Winter, und ich weiß von Geistern
Und Hexen eins.
Hermione. Das laß uns hören, Sohn.
Setz dich, fang an, und mach mich recht zu fürchten
Mit deinen Geistern; darin bist du stark.
Mamillius. Es war einmal ein Mann –
Hermione. Nein, setz dich, dann fang an.
Mamillius.
Der wohnt' am Kirchhof – ich will sacht erzählen,
Die Heimchen sollen's dort nicht hören.
Hermione. Wohl,
So sag es mir ins Ohr.
(Es treten auf Leontes, Antigonus und andre Herren vom Hofe.)
Leontes. Man traf ihn dort? sein Zug? Camillo mit ihm?
Erster Herr. Ich traf sie hinterm Pinienwald; noch nie
Sah Menschen ich so eilen; meine Blicke
Verfolgten zu den Schiffen sie.
Leontes. Wie glücklich,
Daß ich so recht gesehn, die Wahrheit traf. –
Ach! irrt' ich lieber! Wie verdammt bin ich
In diesem Glück! – Wohl kann sich eine Spinne
Verkriechen in den Becher, und man trinkt;
Man geht und spürt kein Gift; nicht angesteckt
Ward das Bewußtsein; aber hält uns einer
Die ekelhafte Zutat vor und sagt uns,

12. Im folgenden ist Erste und Zweite Dame vertauscht.

Was wir getrunken, sprengt man Brust und Seiten
Mit heft'gem Würgen: – ich trank und sah die Spinne.
Camillo half dazu und war sein Kuppler; –
Ein Anschlag ist's auf meinen Thron, mein Leben;
Zur Wahrheit wird Verdacht: – der falsche Bube,
Den ich bestellt, war vorbestellt von ihm;
Er hat ihm meinen Plan entdeckt, und ich
Bin ein geäffter Tor für sie, ein Spielball
Für ihre Laune. – Wie denn sind so leicht
Die Pforten ihnen aufgetan?

Erster Herr. Durch Vollmacht,
Durch die er oft schon dies ins Werk gestellt,
Wenn Ihr's befahlt.

Leontes. Ich weiß es nur zu wohl. –
Gib mir das Kind; ein Glück, daß du's nicht nährtest:
Trägt er von mir auch manchen Zug, hat er
Doch zuviel Blut von dir.

Hermione. Was ist das? Scherz?

Leontes. Tragt fort das Kind, er soll nicht bei ihr sein;
Hinweg mit ihm: – mit jenem mag sie scherzen,
Womit sie schwanger, denn Polyxenes
Verdankst du das.

Hermione. Ich kann es wohl verneinen
Und schwören, daß Ihr meinem Leugnen glaubt,
Wenn Ihr gleich anders scheinen wollt.

Leontes. Ihr Herren,
Schaut dort sie an und scharf, gern spräch' dann jeder,
Nicht wahr: *Die Frau ist lieblich?* doch es muß
Die Redlichkeit des Herzens alsbald sprechen:
Wie schade, daß sie keusch nicht ist und ehrbar!
Preist sie nur um dies Außenwerk des Leibes
(Das man gewiß hoch darf in Rechnung stellen),
Und gleich wird Achselzucken, Hum und Ha,
Die kleinen Brandmal', die Verleumdung braucht –
Oh! weit gefehlt, die Milde braucht; Verleumdung
Brennt ja die Tugend selbst: – dies Achselzucken,
Dies Hum und Ha, wie ihr sie lieblich nanntet,
Dringt, eh ihr keusch sie nennen könnt, hervor.
Doch hört
Von ihm, den's wohl am tiefsten schmerzen muß:
Sie ist Eh'brecherin.

Hermione. Sagte das ein Bube,

Der ausgemacht'ste Bube auf der Welt,
Er wär' ein um so ärgrer Bub': Ihr, mein Gemahl,
Seid nur im Irrtum.

Leontes. Ihr, Fürstin, wart verirrt,
Weit, vom Leontes zum Polyxenes.
O du Geschöpf!
Das ich nicht nennen will, wie du verdienst,
Daß Barbarei, an mir ein Beispiel nehmend,
Nicht gleiche Sprach' in allen Ständen führe,
Vernichtend jede Sitte, die den Fürsten
Vom Bettler unterschied! – Ich hab's gesagt,
Sie ist Eh'brecherin, und gesagt, mit wem;
Mehr noch, Verrät'rin ist sie und Camillo
Ihr Mitverschworner, der um alles weiß,
Was sie sich schämen sollte selbst zu wissen,
Sie nur, mit ihrem schändlichen Verführer,
Daß sie verbuhlt ist, schlecht wie jene, die
Der Pöbel mit den frechsten Namen schilt;
Ja, auch vertraut war sie mit dieser Flucht.

Hermione. Bei meinem Leben! Nein,
Vertraut mit nichts von dem; wie wird's Euch schmerzen,
Wenn Ihr zu hellrer Einsicht einst gelangt,
Daß Ihr mich so beschimpft habt. Teurer Herr,
Ihr könnt mir kaum genugtun, sagt Ihr dann:
Ihr irrtet Euch.

Leontes. Nein, nein; wenn ich mich irre
In diesem Fundament, worauf ich baue,
So ist die Erd' nicht stark genug zu tragen
Des Knaben Kreisel. – Fort mit ihr zum Kerker!
Wer für sie spricht, der ist schon deshalb schuldig,
Bloß weil er spricht.

Hermione. Es herrscht ein bös Gestirn;
Ich muß geduldig sein, bis der Aspekt
Am Himmel günst'ger ist. – Ihr guten Herrn,
Ich weine nicht so schnell, wie mein Geschlecht
Wohl pflegt; der Mangel dieses eiteln Taues
Macht wohl Eu'r Mitleid welken; doch hier wohnt
Der ehrenvolle Schmerz, der heft'ger brennt,
Als daß ihn Tränen löschten: ich ersuch Euch,
Mit einem Sinn, so mild als Eure Liebe
Euch stimmen mag, meßt mich – und so geschehe
Des Königs Wille!

Leontes *(zu der Wache).* Wird man mir gehorchen?
Hermione.
Und wer begleitet mich? – Ich bitt Eu'r Hoheit,
Mir meine Frau'n zu lassen; denn Ihr seht,
Mein Zustand fordert's. Weint nicht, gute Kinder,
Es ist kein Grund; hört Ihr, daß Eure Herrin
Verdient den Kerker, dann laßt Tränen strömen,
Wär' ich auch frei. Der Kampf, in den ich gehe,
Dient mir zum ew'gen Heil. – Lebt wohl, mein König,
Ich wünscht' Euch nie betrübt zu sehn; doch glaub ich,
Ich werd' es jetzt. – Nun kommt, Ihr habt Erlaubnis.
Leontes. Hinweg, und tut, was wir befohlen. Fort!
(Die Königin geht mit ihren Damen ab.)
Erster Herr.
Ich bitt Eu'r Hoheit, ruft zurück die Fürstin.
Antigonus. Herr, handelt mit Bedacht, damit das Recht
Gewalt nicht sei und so drei Große leiden,
Ihr, Eure Kön'gin, Euer Sohn.
Erster Herr. Mein Leben
Wag ich zum Pfand zu setzen, und ich tu's,
Nehmt Ihr es an, daß unsre Fürstin rein
Vor Euch und vor des Himmels Aug'; ich meine
Von dem, des Ihr sie anklagt.
Antigonus. Wird bewiesen,
Daß sie's nicht ist, so will ich Schildwacht halten
Bei meiner Frau, mit ihr gekoppelt gehen
Und ihr nur traun, wenn ich sie seh und fühle;
Denn jeder Zoll von Weiberfleisch ist falsch,
Ja, jeder Gran von allen auf der Welt,
Wenn sie es ist.
Leontes. Schweigt still.
Erster Herr. Mein teurer König –
Antigonus. Für Euch ist's, daß wir reden, nicht für uns.
Ihr seid getäuscht von einem Ohrenbläser,
Der dafür sei verdammt; kennt' ich den Schurken,
Den Garaus macht' ich ihm. – Sie ehrvergessen! –
Drei Töchter hab ich, elf die Älteste,
Die zweit' und dritte neun und etwa fünf;
Zeigt dies sich wahr, so sollen sie's bezahlen,
Bei meiner Ehr', und vierzehn nicht erleben;
Ich töte sie, eh' falsch Geschlecht sie bringen,
Sie nur sind meine Erben, aber lieber

Verschnitt' ich mich, als daß sie mir nicht brächten
Erwünschte Enkel.

Leontes. Schweigt, nichts mehr davon.
Ihr spürt die Sache mit so kaltem Sinn,
Wie eines Leichnams Nas'; ich seh's und fühl es;
Wie Ihr fühlt, faß ich Euch und seh die Hände,
Die Euch ergreifen.

Antigonus. Ist es so, dann braucht's
Kein Grab, um Tugend zu beerd'gen, denn
Kein Körnchen blieb von ihr, um zu versüßen
Das kot'ge Rund der weiten Welt.

Leontes. Glaubt man mir nicht?

Erster Herr.
Viel besser, wenn man uns glaubt und nicht Euch,
In diesem Punkt; und mehr erfreut es uns,
Bewährt sich ihre Ehr' als Euer Argwohn,
Zürnt Ihr auch noch so sehr.[13]

Leontes. Was brauchen wir
Mit Euch uns zu beraten? folgen nicht
Vielmehr dem mächt'gen Drang? Die Majestät
Bedarf nicht Euers Rats. Nur unsre Güte
Teilt Euch dies mit; wenn Ihr, blödsinnig ganz,
Wo nicht, aus List so scheinend, wollt nicht, könnt nicht
Die Wahrheit sehn gleich uns; so forscht Ihr nach.
Doch brauchen wir nicht Euers Rats; die Sache,
Verlust, Gewinn, Befehl und Ausführung
Geht uns nur an.

Antigonus. So wünscht' ich, mein Gebieter,
Ihr hättet schweigend es im Geist erwogen,
Nie öffentlich erklärt.

Leontes. Wie wär' es möglich?
Du bist, vor Alter, stumpfen Sinns, wo nicht
Ein Tor schon von Geburt; Camillos Flucht,
Dazu dann ihr vertrauter Umgang, der
So augenscheinlich Argwohn überbot,
Dem nur noch Anblick fehlte, nichts als Zeugnis
Des eignen Auges, denn das andre alles
Zeigt als geschehn die Tat, zwingt, so zu handeln.
Doch, um es mehr noch zu bekräftigen
(Da in so wicht'gem Fall ein wild Verfahren

13. *Be blamed for't how you might* (Mögt ihr auch noch so sehr dafür getadelt werden).

Sehr zu bejammern wäre), sandt' ich Boten
Zum heil'gen Delphi, zu Apollos Tempel;
Cleomenes und Dion, die Ihr kennt
Als fest und zuverlässig. Vom Orakel
Hängt alles ab, sein heil'ger Ratschluß soll
Mich spornen oder zügeln. Tat ich wohl?

Erster Herr. Sehr wohl, mein Fürst.

Leontes. Bin ich befriedigt auch, nichts mehr bedürfend,
Als was ich weiß, wird das Orakel doch
Der andern Sinn beruh'gen, die gleich jenem
Mit gläub'gem Unverstand es nicht vermögen,
Zur Wahrheit aufzuschaun. So schien's uns gut,
Sie einzuschließen, unsrer Näh' beraubt,
Auf daß nicht der Verrat der zwei Entflohnen
Ihr zur Vollziehung bleibe. – Folgt mir nach,
Jetzt red ich öffentlich; denn dies Geschäft
Regt all' uns auf.

Antigonus *(beiseit)*. Ja, doch zum Lachen, denk ich,
Wenn an den Tag die rechte Wahrheit kommt.
(Alle ab.)

ZWEITE SZENE

Ein äußeres Zimmer des Gefängnisses.

(Paulina tritt auf mit mehreren Dienern.)

Paulina. Der Kerkermeister – ruft sogleich ihn her;
(Ein Diener geht ab.)
Und sagt ihm, wer ich bin. – Du edle Frau!
Kein Hof Europas ist zu gut für dich,
Was machst du denn im Kerker?
(Ein Diener kommt mit dem Kerkermeister.)
Nun, mein Freund?
Ihr kennt mich doch?

Kerkermeister. Als eine würd'ge Frau,
Die ich verehre.

Paulina. Nun, so bitt ich dich,
Führ mich zur Königin.

Kerkermeister.
Ich darf nicht, gnäd'ge Frau; das Gegenteil
Ward streng mir eingeschärft.

Paulina. Das ist ein Lärm,

Um zu verschließen Ehr' und Redlichkeit
Vor guter Freunde Zuspruch! – Ist's erlaubt,
Sagt, ihre Kammerfrau zu sehn? nur eine?
Emilia?

Kerkermeister. Seid so gütig, gnäd'ge Frau,
Und schickt die Diener fort, so führ ich Euch
Emilia her.

Paulina. Ich bitte, geh und ruf sie.
Entfernt euch.

(Die Diener gehn ab.)

Kerkermeister. Doch ich muß zugegen sein,
Wenn Ihr sie sprecht.

Paulina. Gut, geh nur, mag's so sein.
(Kerkermeister geht ab.)
Man müht sich hier die Reinheit zu beflecken,
So schwarz man immer kann.
(Der Kerkermeister kommt mit Emilia.)
Nun, liebe Frau, wie geht's der gnäd'gen Fürstin?

Emilia. So gut, wie soviel Größ' und soviel Unglück
Vereint gestatten mag; durch Schreck und Kummer,
Der eine zarte Frau nie härter traf,
Ist sie entbunden, etwas vor der Zeit.

Paulina. Ein Knab'?

Emilia. Ein Mädchen, und ein schönes Kind,
Kräftig und lebensvoll. Sein Anblick tröstet
Die Kön'gin; ›Mein gefangnes, armes Kind‹,
Sagt sie, ›ich bin unschuldig, so wie du.‹

Paulina. Das will ich schwören: –
Verdammt des Königs heillos blinder Wahnsinn!
Er muß es hören, und er soll; dies Amt
Ziemt einer Frau zumeist, ich übernehm es;
Ist süß mein Mund, mag meine Zunge schwären
Und nie mehr meines rot erglühnden Zorns
Trompete sein. – Ich bitte dich, Emilia,
Empfiehl der Kön'gin meinen treuen Dienst;
Und will sie mir ihr kleines Kind vertrauen,
Trag ich's dem König hin und übernehm es,
Ihr lauter Anwalt dort zu sein. Wer weiß,
Wie ihn des Kindes Anblick mag besänft'gen,
Oft spricht beredt der reinen Unschuld Schweigen,
Wo Worte nichts gewinnen.

Emilia. Würd'ge Frau,

So offen zeigt sich Eure Ehr' und Güte,
Daß Euerm kühnen Schritt ein günst'ger Ausgang
Nicht fehlen kann. Kein Weib ist so geschaffen
Für diesen großen Auftrag; habt die Gnade
Und geht ins nächste Zimmer, daß ich gleich
Der Kön'gin Euern edlen Antrag melde;
Noch heut erst übersann sie solchen Plan,
Nicht wagend, einen Mann von Rang zu bitten,
Aus Furcht, er schlüg' es ab.

Paulina. Sag ihr, Emilia,
Die Zunge, die ich habe, will ich brauchen;
Entströmt ihr Geist, wie Kühnheit meiner Brust,
So richt ich ganz gewiß was aus.

Emilia. Gott lohn' Euch.
Ich geh zur Kön'gin; bitte, tretet näher.

Kerkermeister.
Gefällt's der Königin, das Kind zu schicken: –
Ich weiß nicht, was ich wage, laß ich's durch;
Denn keine Vollmacht hab ich.

Paulina. Fürchte nichts;
Gefangen war das Kind im Mutterleib
Und ist, nach Recht und Fortgang der Natur,
Daraus erlöst und frei, hat keinen Teil
Am Zorn des Königes und keine Schuld,
Wenn's eine gäbe, an der Kön'gin Fehltritt.

Kerkermeister. Das glaub ich wohl.

Paulina. Drum fürchte nichts; auf Ehre;
Ich trete zwischen dich und die Gefahr.

(Alle ab.)

DRITTE SZENE

Palast.

(Leontes, Antigonus, Herren vom Hofe, Gefolge.)

Leontes. Nicht Ruhe Tag noch Nacht; es ist nur Schwäche,
Den Vorfall so zu nehmen, nichts als Schwäche –
Wär' nur der Grund vertilgt – des Grundes Hälfte,
Die Ehebrech'rin! Der verbuhlte König
Ist außer meines Arms Bereich, entrückt
Der List und jedem Plan verschanzt; – doch sie
Kann ich mir greifen. – Ja, wär' sie nicht mehr,

Verzehrt vom Feuertod, der Ruhe Hälfte
Käm' mir vielleicht zurück. – Heda!
Diener. Mein König –
Leontes. Was macht der Prinz?
Diener. Er schlief die Nacht recht gut;
Man hofft, die Krankheit sei gehoben.
Leontes. Seht
Des Kindes Adel!
Als er begriff die Schande seiner Mutter,
Gleich nahm er ab, verfiel, und fühlt' es tief;
Er zog die Schmach, als sein, ins eigne Herz,
Floh Munterkeit, aß nicht, verlor den Schlaf;
Er welkt' dem Tod entgegen. – Laßt mich: – geht,
Seht, was er macht. – Pfui, kein Gedank' an ihn; –
Schon der Gedank' der Rache dieses Weges[14]
Kehrt alsbald um; zu mächtig durch sich selbst,
Durch Freund' und Bundsgenossen – mag er bleiben,
Bis einst die Zeit mir dient; doch schnelle Rache
Nimm jetzt an ihr. Polyxenes, Camillo
Verlachen mich und spotten meines Grams;
Erreicht' ich sie, so sollten sie nicht lachen,
Und sie soll's nicht, da sie in meiner Macht.
(Paulina tritt auf mit einem Kinde.)
Erster Herr. Ihr dürft hier nicht herein.
Paulina. Nein; liebe, gute Herrn, seid mir behülflich.
Zittert Ihr mehr vor seinem grimmen Wüten
Als für der Kön'gin Leben? Sie, die Holde,
Sie, reiner, als er eifersüchtig ist.
Antigonus. Und das ist viel.[15]
Erster Herr.
Er schlief nicht, gnäd'ge Frau, und hat befohlen,
Daß keiner zu ihm darf.
Paulina. Freund, nicht so hitzig;
Ich komm, ihm Schlaf zu bringen. – Euresgleichen,
Die schleichen um ihn her wie Schatten, stöhnen,
Sooft er grundlos seufzt – ja, Euresgleichen
Die nähren seines Wachens Ursach'; ich,
Mit Worten komm ich, die so wahr als heilsam,
Wie beides redlich, ihm das Gift zu nehmen,
Das ihn am Schlaf verhindert.

14. *that way* (auf diesem Weg / auf diese Weise).
15. *That's enough* (Das ist genug).

Leontes. Welch ein Lärm? Ha!
Paulina. Kein Lärm, mein Fürst, notwend'ges Reden nur
Wegen der Paten für Eu'r Hoheit.
Leontes. Wie?
Hinweg mit dieser kühnen Frau; Antigonus,
Ich warnte dich, daß sie nicht zu mir käme;
Ich kannte ihren Vorsatz.
Antigonus. Herr, ich droht' ihr
Bei Strafe Eures Zorns sowie des meinen,
Euch nicht zu nahn.
Leontes. Wie, kannst du sie nicht zügeln?
Paulina. Vor allem Bösen, ja; in dieser Sache
(Wenn er's nicht macht wie Ihr und mich verhaftet,
Nur weil ich ehrenhaft), bei meiner Seele,
Soll er mich nimmer zügeln.
Antigonus. Nun, da hört Ihr's!
Wenn sie den Zaum so nimmt, laß ich sie laufen,
Doch stolpert sie niemals.
Paulina. Mein guter König,
Ich komm und bitte, hört mich; denn gewiß,
Ich bin Euch treue Dienerin und Arzt,
Euch ganz ergebner Rat; ja, der es wagt,
Um Euch zu trösten, wen'ger so zu scheinen,
Als die hier um Euch stehn: ich sag, ich komme
Von Eurer guten Kön'gin.
Leontes. Gute Kön'gin?
Paulina. Ja, gute Kön'gin, sag ich, gute Kön'gin;
Und wollt's im Kampf erhärten, wär' ich nur
Ein Mann, der schwächste hier!
Leontes. Werft sie hinaus!
Paulina. Wer seine Augen nur geringe achtet,
Komm mir zu nah: von selbst werd' ich schon gehn;
Doch erst verricht ich mein Geschäft. – Die gute
Kön'gin,
Denn sie ist gut, gebar Euch eine Tochter:
Hier ist sie, und empfiehlt sie Eurem Segen.
(Sie legt das Kind vor Leontes hin.)
Leontes. Verwegne![16] Fort mit ihr! Hinaus!
Du abgefeimte Kupplerin!
Paulina. Nicht also;

16. *A mankind witch* (Ein Teufelsweib [Schücking]).

Die Sache kenn ich nicht, und Ihr verkennt mich,
Mich so zu nennen; ganz so redlich bin ich
Als Ihr verrückt, was, meiner Treu, genug ist,
Daß, wie die Welt geht, man für redlich gelte.

Leontes. Verräter!
Ihr stoßt sie nicht hinaus? Gebt ihr den Bastard: –
Du Narr, du Weiberknecht, läßt fort dich beißen
Von der Frau Kratzefuß – nimm auf den Bastard,
Nimm ihn und gib ihn deiner Alten.

Pauline. Ewig
Sei deine Hand beschimpft, wenn auf so schmachvoll
Erlogne Namen, wie er ihr gegeben,
Du die Prinzeß berührst.

Leontes. Er scheut sein Weib!

Paulina. Ich wollt', Ihr tätet's auch, dann nenntet sicher
Ihr Eure Kinder Eu'r.

Leontes. Ein Pack Verräter!

Antigonus. Das bin ich nicht, bei Gott!

Paulina. Noch ich, und keiner.
Nur einen seh ich hier, das ist er selbst,
Der sein' und seiner Kön'gin heil'ge Ehre,
Des Sohns, der Tochter, der Verleumdung opfert,
Die schärfer sticht als Schwerter; nicht mal will er
(Denn also fügt es sich, es ist ein Bann,
Daß nichts ihn zwingt zum Bessern) nur anrühren
Die Wurzel seines Wahns, die so verfault ist,
Wie Eich' und Felsen je gesund nur war.

Leontes. Die Belferin von frechem Maul, den Mann
Hat sie geprügelt und hetzt mich nunmehr!
Die Brut geht mich nichts an,
Entsprossen ist sie vom Polyxenes;
Hinweg mit ihr so wie mit ihrer Mutter,
Und werft ins Feuer sie.

Paulina. Das Kind ist Euer;
Und, nach dem alten Sprichwort, gleicht Euch so,
Daß es 'ne Schand' ist. – Seht doch, liebe Herrn,
Ist auch der Druck nur klein, der ganze Inhalt
Des Vaters Abschrift: Augen, Mund und Nase,
Der finstre Zug der Brau'n, die Stirn, die Grübchen,
Die hübschen hier auf Wang' und Kinn; sein Lächeln,
Ganz auch die Form der Nägel, Finger, Hände: –
Natur, du gute Göttin, die es schuf

So ähnlich dem, der's zeugte, bildest du
Auch das Gemüt, so gib aus allen Farben
Ihm nur kein Gelb, daß sie wie er nicht wähne,
Ihr Kind sei ihres Gatten nicht!

Leontes. Die Hexe! –
Und, schwacher Pinsel, du bist Hängens wert,
Der ihr den Mund nicht stopft.

Antigonus. Hängt alle Männer,
Die das nicht können, und es bleibt Euch kaum
Ein Untertan.

Leontes. Noch einmal, fort mit ihr!

Paulina. Der wildste, unnatürlichste Gebieter
Ist nicht so arg.

Leontes. Ich lasse dich verbrennen.

Paulina. Ich frage nichts danach;
Der ist dann Ketzer, der das Feuer schürt,
Nicht sie, die brennt. Ich nenn Euch nicht Tyrann,
Doch diese Grausamkeit an Eurer Kön'gin,
Da Ihr kein andres Zeugnis stellen könnt,
Als so schwachmüt'gen Argwohn, schmeckt ein wenig
Nach Tyrannei und macht zum Abscheu Euch,
Zur Schmach für alle Welt.

Leontes. Bei Eurer Lehnspflicht,
Zur Tür mit ihr hinaus! Wär' ich Tyrann,
Wo wär' ihr Leben? Nimmer spräch' sie das,
Wenn sie mich dafür hielte. Fort mit ihr!

Paulina. Ich bitt Euch, drängt mich nicht, ich gehe schon.
Sorgt für Eu'r Kind, Herr, Euer ist's; Gott geb' ihm
Verständ'gern Geist. – Was sollen diese Hände? –
Ihr, die so zärtlich seine Torheit pflegt,
Tut ihm kein Gut, kein einz'ger von Euch allen.
Laßt, laßt: – Lebt wohl, ich gehe schon.
(Sie geht ab.)

Leontes. Verräter, du triebst hiezu an dein Weib. –
Mein Kind? hinweg damit! – Und grade du,
Dem's so am Herzen liegt, nimm du es weg,
Und laß es augenblicks ins Feuer werfen;
Du sollst es tun, kein andrer. Nimm es gleich,
In dieser Stunde meld, es sei geschehn,
Bring gült'ges Zeugnis, sonst bezahlt's dein Leben
Und derer, die du dein nennst. Weigerst du
Und willst begegnen meiner Wut, so sprich,

Und gleich mit eigner Hand schlag ich hier aus
Des Bastards Hirn. Geh, wirf es gleich ins Feuer,
Denn du triebst an dein Weib.

Antigonus. Das tat ich nicht;
Die Herrn hier, meine edlen Freunde, sprechen
Mich davon frei.

Erster Herr. Wir können's, großer König,
Er ist nicht schuld, daß sie hereingekommen.

Leontes. Ihr allesamt seid Lügner.

Erster Herr.
Eu'r Hoheit mög' uns beßre Meinung schenken,
Wir haben stets Euch treu gedient und bitten,
Uns so zu achten; auf den Knien flehn wir,
Als einz'gen Lohn für unsre besten Dienste,
Vergangne, künft'ge – ändert diesen Vorsatz,
Der, von so furchtbar blut'ger Art, muß führen
Zu unheilvollem Ausgang. Alle knien wir.

Leontes. Ich bin nur Feder jedem Hauch des Windes; –
Leben soll ich, den Bastard knien zu sehn,
Mich Vater nennend? Besser jetzt verbrannt
Als dann ihm fluchen. Doch es sei, er lebe;
Und dennoch soll er nicht. – Du, komm hieher,
Der in so zarter Sorge sich bemühte,
Mit Dame Frechmaul, der Hebamme da,
Den Bastard hier zu retten – denn das ist er,
So wahr, wie grau dein Bart – was willst du wagen,
Zu retten dieser Brut das Leben?

Antigonus. Alles,
Was meine Fähigkeit vermag, mein König,
Und Ehre fordern kann: zum mindsten dies;
Das wen'ge Blut, das mir noch blieb, verpfänd ich
Zum Schutz der Unschuld: alles, was nur möglich.

Leontes. Ja, möglich ist es; schwör bei diesem Schwert,
Daß meinen Willen du vollbringst.

Antigonus. Ich schwöre.

Leontes. Gib acht und tu's, denn siehe, fehlst du nur
Im kleinsten Punkt, das bringt nicht dir allein,
Auch deinem lästerzüng'gen Weib den Tod,
Der ich verzeih für diesmal. – Wir gebieten
Bei deiner Lehnspflicht, nimm hier diesen Bastard,
Und trag ihn gleich von dann', an einen Ort,
Der wüst und menschenleer und weit entfernt

Von unsern Grenzen ist, und laß ihn dort
Ohn' alle Gnad' in seinem eignen Schutz,
Der freien Luft vertraut. Von einem Fremdling
Kam er zu uns, mit Recht befehl ich drum,
Bei deiner Seele Heil, des Leibes Marter,
Daß du ihn wo in fremdes Land aussetzest,
Wo Glück ihn nähren, töten mag. So nimm ihn.

Antigonus. All dies beschwör ich, obwohl schneller Tod
Barmherz'ger wäre. – Komm, du armes Kind;
Ein mächt'ger Geist mag Kräh'n und Geiern lehren,
Daß sie dir Ammen sind! Hat Bär und Wolf
Doch, wie man sagt, der Wildheit schon vergessen
In gleichem Liebesdienst. – Herr, seid beglückt
Mehr als es diese Tat verdient! und Segen
Mag solcher Grausamkeit entgegenkämpfen,
Für dich, du armes Ding, dem Tod geweiht!

(Er geht mit dem Kinde ab.)

Leontes. Nein, fremde Brut will ich nicht auferziehn.

(Ein Diener tritt auf.)[17]

Erster Diener. Mein Fürst, soeben langte Botschaft an
Von Euren Abgesandten zum Orakel;
Cleomenes und Dion kehrten glücklich
Von Delphi wieder heim und sind gelandet,
Bald hier zu sein.

Erster Herr. Erlaubt, die Reise war
Beschleunigt, mehr als wir erwarten konnten.

Leontes. Sie waren dreiundzwanzig Tage fort,
Sehr schnell; dies zeigt, der mächtige Apollo
Will, daß man hievon bald die Wahrheit wisse.
Bereitet Euch, Ihr Herrn, beruft den Rat,
Daß wir die höchst treulose Kön'gin richten:
Denn, wie sie öffentlich ist angeklagt,
So werd' ihr auch gerecht und frei Verhör.
Solang' sie lebt, ist mir das Herz beschwert: –
Jetzt laßt mich, und tut das, was ich befohlen.

(Alle ab.)

17. Nach den englischen Ausgaben eingefügt.

DRITTER AUFZUG

ERSTE SZENE

Feld.[18]

(Cleomenes und Dion treten auf.)

Cleomenes. Der Himmelsstrich ist lieblich, süß die Luft,
Die Insel fruchtbar und der Tempel schöner,
Als es der Ruf verkündet.
Dion. Preisen werd' ich,
Entzückend war's, die himmlischen Gewänder,
Denn so muß ich sie nennen, und die Würde
Der ernsten Priester. Oh, das Opfer dann!
Wie prunkvoll heilig war und überirdisch
Der Tempeldienst!
Cleomenes. Vor allem doch das Krachen
Der ohrbetäubenden Orakelstimme,
Verwandt mit Jovis Donner, schreckte mich
Ganz aus mir selbst.
Dion. Ist der Erfolg der Reise
So glücklich für die Kön'gin, wär' er's doch! –
Als sie für uns schön, schnell und lieblich war,
So war die Zeit gut angewandt.
Cleomenes. Apollo
Mög' alles glücklich wenden! Dies Gericht,
Das so der Kön'gin aufdringt ein Verbrechen,
Gefällt mir nicht.
Dion. Solch heftig Treiben endet
Den Handel oder klärt ihn auf; wird kund
Der Spruch, versiegelt von des Gottes Priester,
So wird sein Inhalt etwas Wundervolles
Den Menschen offenbaren. – Frische Pferde!
Und glücklich sei der Ausgang.
(Sie gehn ab.)

18. Die Lokalisierung dieser Szene ist umstritten.

ZWEITE SZENE

Ein Gerichtshof.

(Leontes, Herren vom Hofe, Beamte, Gerichtsdiener.)

Leontes. Dies Staatsgericht, mit Kummer sagen wir's,
Greift uns ans eigne Herz; die Angeklagte,
Die Tochter eines Königs, unsre Gattin,
Zu sehr von uns geliebt. – Es spricht uns frei
Vom Schein der Tyrannei der offne Gang
In diesem Rechtsfall, der auf gradem Weg
Zur Rein'gung oder zur Verdammung führt. –
Bringt die Gefangne her.

Beamter. Die Majestät heißt jetzt die Königin
Persönlich vor Gericht allhier erscheinen.

(Allgemeines Stillschweigen.)[19]

(Hermione kommt mit Wache, von Paulina und anderen Hofdamen begleitet.)

Leontes. Lest nun die Klage.

Beamter. »Hermione, Gemahlin des erlauchten Leontes, Königs von Sizilien, du bist hier angeklagt und vor Gericht gestellt wegen Hochverrats, indem du Ehebruch begingst mit Polyxenes, dem Könige von Böhmen, und dich verschwurst mit Camillo, das Leben unsers hohen Herrn, deines königlichen Gemahls, zu verkürzen. Da diese Bosheit durch Umstände zum Teil entdeckt wurde, hast du, Hermione, der Pflicht und Treue eines redlichen Untertans entgegen, ihnen geraten und geholfen, zu ihrer größern Sicherheit bei Nacht zu entfliehen.«

Hermione. Da, was ich sagen will, nichts andres ist,
Als dem, des man mich anklagt, widersprechen,
Und mir kein ander Zeugnis steht zur Seite,
Als was ich selbst mir gebe, frommt mir kaum
Zu rufen: *Frei von Schuld!* da hier für Lüge
Gilt meine Lauterkeit, wird, was ich sage,
Auch also heißen. Doch – wenn Himmelsmächte
Sehn unser menschlich Tun (sie schaun herab),
Dann zweifl' ich nicht, die Unschuld macht erröten
Die falsche Klag', und Tyrannei erbebt
Vor der Geduld. – Mein Fürst, Ihr wißt am besten,
Scheint Ihr auch jetzt am wenigsten zu wissen,

19. *Silence* ist doch wohl eher als Ausruf des Beamten aufzufassen, nicht als Regiebemerkung.

So rein und treu war mein vergangnes Leben,
Wie ich jetzt elend bin, und das ist mehr,
Als die Geschichte und Erdichtung noch
Das Schauspiel kennt, die Menge zu bezaubern.
Denn schaut mich an –
Genossin königlichen Betts, der halb
Der Thron gehörte, eines Königs Tochter,
Die Mutter eines edeln Prinzen – steh ich
Und sprech und schwatze hier für Ehr' und Leben,
Vor jedem, der es hören will. Mein Leben,
Es drückt mich wie mein Gram, gern miß ich beide;
Doch Ehr', ein Erbteil ist sie für die Meinen,
Sie nur verdient mein Wort. Ich mahn Euch, Herr,
Fragt Eu'r Bewußtsein, eh' Polyxenes
An Euern Hof kam, wie Ihr mich geliebt,
Und wie ich es verdient; seit er gekommen,
Mit welch unziemlichem Entgegentreten
Verging ich mich, daß man mich also deutet;
Wenn's nur ein Haarbreit war jenseit der Ehre,
Sei's Tat, sei's Wille nur, im Weg des Unrechts,
So werde Stein das Herz jedweden Hörers,
Und ekel sei mein Grab dem nächsten Blutsfreund!

Leontes. Dem fehlte nie, der freche Laster übte,
Die Unverschämtheit, seine Tat zu leugnen,
Mit der er sündigte.

Hermione. Das ist sehr wahr;
Doch niemals kann ein solcher Spruch mich treffen.

Leontes. Du läßt ihn gelten nicht.

Hermione. Mehr als mir eignet
Und mir als Fehl entgegen tritt, kann nimmer
Ich anerkennen. Ihn, Polyxenes,
Ich sag es frei, mit dem ihr mich beschuldigt,
Liebt' ich, wie er in Ehren fordern durfte,
Mit einer solchen Liebe, wie's geziemlich
Für eine Frau gleich mir, mit einer Liebe,
So und nicht anders, als Ihr selbst befahlt;
Und tat ich's nicht, so hätt' ich mich zugleich
Als undankbar gezeigt und ungehorsam
Euch und dem Freund, des Liebe deutlich sprach,
Von früher Kindheit, seit ihr Sprache ward,
Sie sei ganz Euer. Nun, der Hochverrat,
Ich weiß nicht, wie er schmeckt, tischt man ihn gleich

Mir auf, davon zu kosten; das nur weiß ich,
Stets ward Camillo ehrenvoll befunden;
Warum er Euch verließ, ist selbst den Göttern,
Wenn sie nicht mehr als ich drum wissen, fremd.

Leontes. Ihr wußtet seine Flucht, so gut Ihr wußtet,
Was Ihr zu tun beschlossen, war er fort.

Hermione. Herr,
Die Sprache, die Ihr sprecht, versteh ich nicht;
Mein Leben ist's, was Eure Träum' erzielen,
Gern werf ich's ab.

Leontes. Nur deine Taten träum ich;
Du hast 'nen Bastard von Polyxenes,
Ich träumt' es nur: – wie du der Scham entfremdet,
Wie alle deiner Art, bist du's der Wahrheit;
Sie leugnen liegt dir ob, doch frommt dir nicht,
Denn wie dein Balg, der nur sich selbst gehört,
Als vaterlos ward ausgestoßen (freilich,
Mehr dein als sein Verbrechen), so sollst du
Empfinden unsern Rechtsspruch; noch so milde,
Erwarte wen'ger nicht als Tod.

Hermione. Spart Euer Drohn,
Das Greu'l, womit du schrecken willst, erbitt ich;
Mir kann das Leben kein Geschenk mehr sein.
Die Kron' und Lust des Lebens, Eure Liebe,
Die geb ich auf, ich fühl es, sie ist hin,
Doch wie, das weiß ich nicht; mein zweites Glück,
Der Erstling meines Leibs, ihn nimmt man mir,
Als wär' ich angesteckt; mein dritter Trost
Wird durch unsel'ger Sterne Kraft mir von der Brust,
In ganz unschuld'gem Mund unschuld'ge Milch,
Zum Mord geschleppt. Ich selbst an jeder Ecke
Als Metze ausgeschrien; mit rohem Haß
Des Kindbettrechts beraubt, das man doch Weibern
Von jeder Art vergönnt: – zuletzt gerissen
In freie Luft hieher, bevor ich noch
Die nöt'ge Kraft gewann. Nun sagt, mein König,
Welch Glück kann mir das Leben wohl noch bieten,
Daß ich den Tod soll fürchten? Drum fahrt fort.
Doch hört noch dies, versteht mich recht: – Mein Leben,
Ich acht es nur wie Spreu: – doch meine Ehre,
Nur die möcht ich befrein, werd ich verurteilt
Bloß auf Verdacht, da jedes Zeugnis schläft,

Das Eure Eifersucht nicht weckt, so sag ich,
's ist Tyrannei, kein Recht. – Ihr Edlen, hört,
Daß ich auf das Orakel mich berufe,
Apollo sei mein Richter.

Erster Herr. Dies Begehren
Ist ganz gerecht; so bringet denn herbei,
Und in Apollos Namen, das Orakel.

(Einige Beamte gehn ab.)

Hermione. Der große Kaiser Rußlands war mein Vater,
Oh, wär' er noch am Leben, hier zu schauen
Die Tochter vor Gericht! oh, säh' er doch,
Wie tief mich Elend beugte; doch mit Augen
Des Mitleids, nicht der Rache!

(Der Beamte kommt mit Cleomenes und Dion.)

Beamter. Schwört hier auf diesem Schwerte des Gerichts,
Daß Ihr, Cleomenes und Dion, beide
In Delphi wart, und daß von dort versiegelt
Ihr dies Orakel bringt, das Euch der Priester
Des hohen Phöbus gab, und daß seitdem
Ihr freventlich das Siegel nicht erbracht,
Noch den geheimen Inhalt saht.

Cleomenes *und* Dion. Wir schwören
Dies alles.

Leontes. Brecht das Siegel nun und lest.

Beamter *(liest).* »Hermione ist keusch, Polyxenes tadellos, Camillo ein treuer Untertan, Leontes ein eifersüchtiger Tyrann, sein unschuldiges Kind rechtmäßig erzeugt, und der König wird ohne Erben leben, wenn das, was verloren ist, nicht wiedergefunden wird.«

Alle. Gepriesen sei der große Gott Apollo!

Hermione. Er sei gelobt!

Leontes. Und hast du recht gelesen?

Beamter. Ja, Herr; ganz so, wie hier geschrieben steht.

Leontes.
Nur Lüg' und Falschheit spricht aus dem Orakel;
Fort geh die Sitzung, dies ist nur Betrug.

(Ein Diener kommt eilig.)

Diener. Mein Herr, mein Herr und König!

Leontes. Nun, was gibt's?

Diener. O Herr, Haß wird mich für die Nachricht treffen:
Der Prinz, dein Sohn, aus lauter Furcht und Ahnung,
Der Kön'gin halb', ist hin

Leontes. Wie? hin?
Diener. Ist tot.
Leontes. Apollo zürnt, und selbst der Himmel schlägt
Mein ungerecht Beginnen. Was ist das?
(Hermione fällt in Ohnmacht.)
Paulina.
Die Nachricht ist der Kön'gin Tod: – schaut nieder
Und seht, wie Tod hier handelt.
Leontes. Tragt sie fort.
(Paulina und die Hofdamen tragen Hermionen fort.)
Sie wird erstehn, ihr Herz ist überladen: –
Zuviel hab ich dem eignen Wahn geglaubt. –
Ich bitt Euch, braucht mit Sorgfalt jedes Mittel
Zu ihrer Rettung. – Oh, verzeih, Apollo!
Verzeih die Lästrung gegen dein Orakel!
Ich will mich mit Polyxenes versöhnen,
Der Gattin Lieb' erflehn, Camillo rufen,
Den ich getreu und mild hier laut erkläre.
Durch Eifersucht zu Rach' und Blutgedanken
Gerissen rief ich mir Camillo auf,
Polyxenes, den Teuren, zu vergiften.
Auch wär's vollbracht,
Wenn nicht Camillos edler Sinn verzögert
Den schleunigen Befehl, obgleich durch Tod,
Durch Lohn, ich ihn ermutigt und geschreckt,
Wofern er's tat und ließ; doch wahrhaft menschlich
Und ehrenvoll enthüllt' er meinen Plan
Dem hohen Gast, verließ hier sein Vermögen,
Das groß war, wie Ihr wißt, und gab sich selbst
Als sichres Spiel unsichrem Zufall preis,
Nur reich an Ehre. – Oh, wie glänzt er rein
Durch meinen Rost! und seine Frömmigkeit,
Wie färbt sie schwärzer meine Missetaten!
(Paulina tritt auf.)
Paulina. O Not und Wehe!
Schneid't auf den Latz mir, daß mein Herz, ihn sprengend,
Nicht auch zerbricht.
Erster Herr. Woher, Frau, dies Entsetzen?
Paulina. Welch' Martern sinnst du jetzt, Tyrann, mir aus?
Welch Rädern? Foltern? Brennen? Schinden? Sieden
In Öl, in Blei? welch' alt und neue Qual

Erdenkst du mir, da jedes meiner Worte
Die Raserei dir schürt? Dein wild tyrannisch
Gemüt mit deiner Eifersucht im Bunde –
Grillen, zu schwach für Knaben, viel zu unreif
Für kleine Mädchen! – hör, was sie getan,
Und werde toll dann, rasend toll, denn jede
Bisher'ge Torheit war nur Würze dieser.
Daß du Polyxenes verrietst, war nichts,
Das zeigte dich als Narr nur, wankelmütig
Und teuflisch undankbar; auch war es wenig,
Daß du Camillos Ehre wolltst vergiften
Durch einen Königsmord; armsel'ge Sünden,
Da ungeheure folgen; dazu rechn' ich,
Daß du den Kräh'n hinwarfst die zarte Tochter,
Als wenig, nichts, obgleich ein Teufel eher
Aus Flammengluten Wasserströme weinte;
Noch fällt allein auf dich des Prinzen Tod,
Dem hoher Sinn (zu hoch so zarter Jugend)
Sein Herz zerbrach vor Schmerz, daß töricht roh
Der Vater ehrlos macht die holde Mutter;
Dies nicht, dies nicht kann keiner Schuld dir geben;
Allein das Letzte, Weh' ruft, wie ich's sagte! –
Die Kön'gin, sie, die Kön'gin,
Das reinste, süßeste Geschöpf, ist tot,
Und noch stürzt Rache nicht herab!

Erster Herr. Verhüten's
Die ew'gen Mächte!

Paulina. Ich sage, sie ist tot; ich schwör's; wenn Wort
Und Eid nicht gilt, so geht und schaut; könnt Ihr
In Lipp' und Auge Farb' und Glanz erwecken,
Die äußre Wärm' und innern Hauch, so bet ich
Euch wie die Götter an. – Doch, o Tyrann!
Bereu nicht, was du tatst; es ist zu ruchlos,
Und keine Klage sühnt's; drum stürze wild
Dich in Verzweiflung. Tausend Knie, zehntausend
Jahr' nacheinander, fastend, nackt, auf kahlem
Gebirg', im steten Winter, ew'gen Sturm –
Die Götter könnt' es nicht bewegen, dahin
Zu schauen, wo du lägest.

Leontes. Recht so, recht:
Du kannst zuviel nicht sagen, ich verdiene
Die Flüche aller Zungen.

E r s t e r H e r r. Sprecht nicht weiter;
Wie auch die Sachen stehn, Ihr habt gefehlt
Durch das zu kühne Wort.

P a u l i n a. Es tut mir leid.
Was ich auch tu, wenn ich den Fehl erkenne,
Bereu ich ihn. Ach, zu sehr zeigt' ich wohl
Die Raschheit einer Frau; er ist getroffen
Ins tiefste Herz. – Wo man nicht helfen kann,
Soll man auch jammern nicht; nein, nicht betrübt Euch
Um mein Gered', ich bitte; lieber laßt
Mich strafen, weil ich Euch an das erinnert,
Was Ihr vergessen solltet. Guter König,
Herr, hoher Herr, vergebt der Weibestorheit
Die Liebe zu der Kön'gin – wieder töricht: –
Nie sprech ich mehr von ihr, noch Euren Kindern,
Ich will Euch nie an meinen Gatten mahnen,
Der auch dahin ist. Faßt Euch in Geduld,
So sag ich nichts mehr.

L e o n t e s. Nein, du sprachst nur gut,
Als du die Wahrheit sprachst, und lieber ist mir's
Als dies dein Mitleid. Bitte, führe mich
Hin zu der Kön'gin Leich' und meines Sohnes,
Ein Grab vereine beid'; auf ihm erscheine
Die Ursach ihres Todes, uns zur Schmach
Für alle Zeiten; einmal tags besuch ich
Die Gruft, die sie verschließt, und Tränen, dort
vergossen,
Sind dann mein einz'ges Labsal: und so lange
Natur ertragen kann die heil'ge Feier,
Gelob ich, täglich sie zu halten. Komm
Und führe mich zu diesen bittern Schmerzen.

(Alle ab.)

DRITTE SZENE

Böhmen, eine wüste Gegend am Meer.

(Antigonus tritt auf mit dem Kinde und ein Matrose.)

A n t i g o n u s. Bist du gewiß, daß unser Schiff gelandet
An Böhmens Wüstenei'n?

M a t r o s e. Ja, Herr, doch fürcht ich,
Zur schlimmen Stunde; düster wird die Luft

Und droht mit bald'gem Sturm. Auf mein Gewissen,
Der Himmel zürnt auf das, was wir hier tun,
Und blickt uns drohend an.

Antigonus. Gescheh' sein heil'ger Wille! – Geh an Bord,
Sieh nach dem Boot; nicht lange soll es währen,
So bin ich dort.

Matrose. Eilt, was Ihr könnt, und geht nicht
Zu weit ins Land; gewiß kommt bald ein Wetter,
Auch ist die Gegend hierherum verrufen,
Der wilden Tiere wegen.

Antigonus. Geh du fort,
Ich folge gleich.

Matrose. Ich bin von Herzen froh,
Daß dies nicht mein Geschäft.

(Er geht ab.)

Antigonus. Komm, armes Kind: –
Ich hörte wohl, doch glaubt' ich's nicht, die Geister
Verstorbner gingen um: wenn's wahr, erschien mir
Heut nacht wohl deine Mutter, denn kein Traum
Gleicht so dem Wachen. Zu mir kommt ein Wesen,
Das Haupt bald rechts bald links hinabgesenkt;
Nie sah ich ein Gefäß so voll von Gram
Und lieblich doch; in glänzend weißen Kleidern,
Wie Reinheit selbst, trat sie in die Kajüte,
Worin ich schlief. Dreimal sich vor mir neigend,
Wie um zu sprechen, seufzt' sie tief, da wurden
Zwei Quellen ihre Augen: als erschöpft
Der inn'ge Schmerz, sieh, da vernehm ich dies:
›Mein Freund Antigonus,
Da dich das Schicksal, gegen bessern Willen,
Erwählt hat, daß durch dich mein armes Kind,
So wie du schwurst, hinausgeworfen werde –
Einsamer Stellen gibt's in Böhmen viel,
Dort klag, und laß es weinend; und da jeder
Das Kind verloren gibt für immer, nenne
Sie Perdita; für diese Grausamkeit,
Die dir mein Gatte auftrug, siehst du nie
Dein Weib Paulina wieder.‹ – So, mit Wimmern
Zerschmolz in Luft sie. Das Entsetzen wich,
Ich fand mich langsam wieder, dachte, wirklich
Sei alles und nicht Schlaf; Tand sind die Träume;
Doch für dies eine Mal, ja, abergläubig

Tu ich, was dieser mir befahl. Ich glaube,
Den Tod erlitt Hermione, und daß
Apoll gebeut, weil wirklich dies ein Sprößling
Polyxenes', daß ich hieher ihn lege,
Zum Leben oder Tod, auf diesen Boden
Des wahren Vaters. – Kindchen, geh' dir's gut!
(Er legt das Kind hin.)
Hier lieg, und hier dein Name; hier auch dies
(er legt ein Paket hin),
Das, will's das Glück, dich wohl mag auferziehn
Und dein verbleiben. – Der Sturm beginnt: – du
Ärmstes,
So ausgesetzt für deiner Mutter Sünde
Dem Tod und jedem Leid! – Ich kann nicht weinen,
Doch blutet mir das Herz; wie schlimm, daß mich
Ein Eid hiezu verdammt hat. – Fahre wohl,
Der Tag wird trüb und trüber, du kriegst wahrlich
Ein rauhes Wiegenlied; ich sah noch nie
Die Luft so schwarz am Tag. Welch wild Geschrei!
Wär' ich am Bord! – Das Tier, ha, das sie jagen!
Weh mir, ich bin verloren!
(Er entflieht, von einem Bären verfolgt.)
(Ein alter Schäfer tritt auf.)

Der alte Schäfer. Ich wollte, es gäbe gar kein Alter zwischen zehn und dreiundzwanzig, oder die jungen Leute verschliefen die ganze Zeit: denn dazwischen ist nichts, als den Dirnen Kinder schaffen, die Alten ärgern, stehlen, balgen. – Hört nur! – Wer anders als solche Brauseköpfe zwischen neunzehn und zweiundzwanzig würden wohl in dem Wetter jagen? Sie haben mir zwei von meinen besten Schafen weggescheucht, und ich fürchte, die wird der Wolf eher wiederfinden als der Herr; sind sie irgendwo, so ist es nach der Küste hin, wo sie den Efeu abweiden. Gutes Glück, so es dein Wille ist – aber was haben wir hier? *(Er findet das Kind.)* Gott sei uns gnädig, ein Kind, ein sehr hübsches Kind! Ob es wohl ein Bube oder ein Mädel ist? Ein hübsches, ein sehr hübsches Ding, gewiß so ein heimlich Stück; wenn ich auch kein Studierter bin[20], so kann ich doch so ein Kammerjungferstückchen herauslesen. Das ist so eine Treppenarbeit, so eine Schrankarbeit, so hinter der

20. Zusatz der Übersetzerin.

Tür gearbeitet; sie waren wärmer, die dies zeugten, als das arme Ding hier ist. Ich will es aus Mitleid aufnehmen, doch will ich warten, bis mein Sohn kommt, er schrie noch eben dort. Holla ho!

(Der junge Schäfer kommt.)

Der junge Schäfer. Holla ho!

Der alte Schäfer. Was, bist so nah? Wenn du was sehen willst, wovon man noch reden wird, wenn du tot und verfault bist, komm hieher. Was fehlt dir, Bengel?

Der junge Schäfer. Ich habe zwei solche Gesichte gesehen, zur See und zu Lande – aber ich kann nicht sagen See, denn es ist nur Himmel, und man kann dazwischen keine Nadelspitze stecken.

Der alte Schäfer. Nun, Junge, was ist es denn?

Der junge Schäfer. Ich wollte, Ihr könntet sehen, wie es schäumt, wie es wütet, wie es das Ufer heraufkommt! aber das ist noch nicht das Rechte: oh, das höchst klägliche Geschrei der armen Seelen! bald sie zu sehen, bald nicht zu sehen: nun das Schiff mit seinem Hauptmast den Mond anbohren, und gleich jetzt verschlungen von Gischt und Schaum, als wenn man einen Stöpsel in ein Oxhoft würfe. Und dann die Landgeschichte – zu sehn, wie ihm der Bär das Schulterblatt ausriß, wie er zu mir um Hülfe schrie und sagte, er heiße Antigonus, ein Edelmann. – Aber mit dem Schiff zu Ende zu kommen – zu sehen, wie die See es einschluckte – aber erst, wie die armen Seelen brüllten und die See sie verhöhnte – und wie der arme Herr brüllte und der Bär ihn verhöhnte und sie beide lauter brüllten als See und Sturm.

Der alte Schäfer. Um Gottes willen, wann war das, Junge?

Der junge Schäfer. Jetzt, jetzt; ich habe nicht mit den Augen geblinkt, seit ich diese Gesichte sah, die Menschen sind noch nicht kalt unter dem Wasser, noch der Bär halb satt von dem Herrn, er ist noch dabei.

Der alte Schäfer. Ich wollte, ich wäre dagewesen, um dem alten Mann zu helfen!

Der junge Schäfer. Ich wollte, Ihr wäret neben dem Schiff gewesen, um da zu helfen, da hätte Euer Mitleid keinen Grund und Boden gefunden.

Der alte Schäfer. Schlimme Geschichten! schlimme Geschichten! aber sieh hier, Junge. Nun sperr die Augen auf, du kommst, wo's zum Tode geht, ich, wo was Neugebornes ist. Hier ist ein anderes Gesicht für dich; sieh doch, ein Taufkleid, wie für eines Edelmanns Kind! Schau her, nimm auf, nimm auf, Junge; bind es auf. So, laß sehn; es wurde mir prophezeit, ich sollte reich werden durch die Feen; das ist ein Wechselkind: – bind es auf: was ist darin, Junge?

Der junge Schäfer. Ihr seid ein gemachter alter Mann; wenn die Sünden Eurer Jugend Euch vergeben sind, so werdet Ihr gute Tage haben. Gold! lauter Gold!

Der alte Schäfer. Das ist Feengold, Junge, und das wird sich zeigen: fort damit, halt es fest; nach Hause, nach Hause, auf dem nächsten Weg. Wir sind glücklich, Junge, und um es immer zu bleiben, ist nichts nötig als Verschwiegenheit. Laß die Schafe nur laufen. – Komm, guter Junge, den nächsten Weg zu Hause.

Der junge Schäfer. Geht Ihr mit Eurem Fund den nächsten Weg, ich will nachsehen, ob der Bär von dem Herrn weggegangen ist, und wie viel er gefressen hat; sie sind nur schlimm, wenn sie hungrig sind; wenn noch etwas von ihm übrig ist, so will ich's begraben.

Der alte Schäfer. Das ist eine gute Tat; wenn du an dem, was von ihm übrig geblieben ist, unterscheiden kannst, was er ist, so hole mich, es auch zu sehn.

Der junge Schäfer. Schon gut, das will ich, und Ihr sollt helfen, ihn unter die Erde bringen.

Der alte Schäfer. Das ist ein Glückstag, Junge, an dem wollen wir auch Gutes tun.

(Sie gehn ab.)

VIERTER AUFZUG[21]

ERSTE SZENE

(Die Zeit tritt auf als Chorus.)

Zeit. Ich, die ich alles prüfe, Gut' und Böse
Erfreu und schrecke, Irrtum schaff und löse;
Ich übernehm es, unterm Namen Zeit
Die Schwingen zu entfalten. Drum verzeiht
Mir und dem schnellen Flug, daß sechzehn Jahre
Ich überspring und nichts Euch offenbare
Von dieser weiten Kluft, da meine Stärke
Gesetze stürzt, in einer[22] Stund' auch Werke
Und Sitten pflanzt und tilgt. So seht mich an,
Wie stets ich war, eh' Ordnung noch begann,
So alt' als neue, denn ich sah die Stunde,
Die sie hervorgebracht; so geb ich Kunde
Von dem, was jetzt geschieht; durch mich erbleicht
Der Glanz der Gegenwart, in Dunkel weicht,
Was jetzt hier vorgestellt. Dies eingeräumt,
Wend ich mein Glas; als hättet ihr geträumt,
Verwandelt sich die Szen'. Als falsch erkannte
Leontes seine Eifersucht und wandte
Im Gram der Einsamkeit sich zu. Denkt jetzt,[23]
Ihr edeln Hörer hier, ihr seid versetzt
Ins schöne Böhmen, und besinnt euch schnell,
Ich sprach vom Sohn des Königs; Florizel
Nenn ich ihn nun; erzähl euch auch zugleich
Von Perdita, die schön und anmutreich
Erwuchs, zum Staunen aller; ihr Geschick
Sag ich euch nicht vorher, der Augenblick
Zeig' euch, was er erschafft: – des Schäfers Kind,
Er und sein Haushalt, all dergleichen sind
Der Inhalt nun des Spiels: seht, wie es endet,

21. Bei Tieck ist der Auftritt der Zeit als Ende des dritten Aktes verzeichnet. Die modernen Ausgaben zählen ihn als erste Szene des vierten Aktes, folglich die erste Szene des vierten Aktes (bei Tieck) als zweite usw.
22. Es folgt: *self-born* (selbstgeboren).
23. Nach heute akzeptierter Interpunktion lauten die letzten drei Zeilen: Leontes beiseitelassend – er ist über die Wirkungen seiner übertriebenen Eifersucht so betrübt, daß er sich einschließt –, stellt euch vor . . .

Wenn ihr sonst Zeit wohl schlechter habt verwendet;
Geschah es nie, muß Zeit selbst eingestehn,
Sie wünscht im Ernst, es möge nie geschehn.

ZWEITE SZENE

Böhmen im Palast.

(Polyxenes und Camillo treten auf.)

Polyxenes. Ich bitte dich, guter Camillo, dringe nicht mehr in mich; es macht mich krank, dir irgend etwas abzuschlagen, aber dir dies zu bewilligen, wäre mein Tod.

Camillo. Es sind funfzehn Jahre, seit ich mein Vaterland nicht sah; obwohl ich die meiste Zeit auswärts zubringen mußte, wünsche ich doch meine Gebeine dort zur Ruhe zu legen. Auch hat der reuevolle König, mein Herr, nach mir gesendet, dessen tiefem Kummer ich zum Trost gereichen möchte, oder mir wenigstens einbilde, daß ich es könnte; und dies ist ein zweiter Antrieb zu meiner Abreise.

Polyxenes. Wenn du mich liebst, Camillo, so lösche nicht alle deine guten Dienste dadurch aus, daß du mich jetzt verlässest; daß ich dich nicht mehr entbehren kann, daran ist deine eigne Trefflichkeit schuld; besser, ich hätte dich nie besessen, als dich jetzt verlieren. Da du mir Geschäfte eingeleitet hast, die niemand außer dir genügend handhaben kann, so mußt du entweder bleiben und sie selbst zu Ende führen, oder die Dienste, die du mir getan hast, mit dir fortnehmen; habe ich diese nicht genug vergolten – denn über Gebühr kann ich es nie – so soll größere Dankbarkeit mein Streben sein, und mein Vorteil sei, dir mehr Liebe zu erweisen. Von dem unglückseligen Lande Sizilien, bitte, sprich nicht mehr, dieser Name schon martert mich, indem er mich an jenen reuigen König, wie du ihn nennst, meinen versöhnten Bruder erinnert; der Verlust seiner unschätzbaren Königin und seiner Kinder muß noch jetzt, wie neu geschehen, beklagt werden. – Sage mir, wann sahest du den Prinzen Florizel, meinen Sohn? Die Könige sind nicht minder unglücklich, deren Kinder nicht begabt[24] sind, als jene, die solche verlieren, deren Vorzüge sich schon zeigten.

24. *gracious* (freundlich, wohlgeraten).

Camillo. Herr, es sind drei Tage, seit ich den Prinzen sah. Was seine glücklicheren Geschäfte sein mögen, ist mir unbekannt, aber ich habe gelegentlich[25] bemerkt, daß er sich seit kurzem vom Hofe zurückzieht und seine fürstlichen Übungen nachlässiger treibt, als er es früher tat.

Polyxenes. Das bemerke ich auch, Camillo, und mit Sorge, so daß ich mir unter meinen Dienern Augen halte, die seine Zurückgezogenheit beobachten; von ihnen habe ich die Nachricht, daß er sich fast immer in dem Hause eines ganz gemeinen Schäfers aufhält, eines Mannes, der, wie sie sagen, aus dem Nichts und auf eine seinen Nachbarn unbegreifliche Art zu außerordentlichem Wohlstande gelangt ist.

Camillo. Ich habe von einem solchen Manne gehört, Herr, und daß er eine Tochter habe von niegesehener Schönheit; der Ruf von ihr ist so ausgebreitet, daß man kaum begreift, wie er aus so niederer Hütte entstehen konnte.

Polyxenes. So lautet auch zum Teil, was ich erfuhr. Ich fürchte, dies ist die Angel, die meinen Sohn dahin zieht. Du sollst mich nach dem Ort begleiten, wo wir, das nicht scheinend, was wir sind, uns mit dem Schäfer bekannt machen wollen; von seiner Einfalt, denke ich, wird es nicht schwer sein, die Ursache der häufigen Besuche meines Sohnes zu erfahren. Ich bitte dich, begleite mich alsbald zu diesem Geschäft, und verbanne alle Gedanken an Sizilien.

Camillo. Bereitwillig gehorche ich Eurem Befehl.

Polyxenes. Mein bester Camillo! – Wir müssen uns verkleiden.

(Sie gehn ab.)

DRITTE SZENE

Eine Landstraße nicht weit von des Schäfers Hütte.

(Autolycus tritt singend auf.)

Autolycus.

Wenn die Narzisse blickt herfür –
Mit Heisa! das Mägdlein über dem Tal –,

25. *missingly* (bedauerlicherweise).

Ja, dann kommt des Jahres lieblichste Zier;
Statt Winter bleich herrscht rotes Blut zumal.

Weiß Linnen bleicht auf grünem Plan –
Mit Heisa! beim lieblichen Vogelgesang! –,
Das wetzt mir alsbald den Diebeszahn;
Denn 'ne Kanne Bier ist ein Königstrank.

Die Lerche, die singt Tirlirilirei –
Mit Amselton, Heisa! und Drossellieder –,
Sind Sommerlust, ist mein Schätzchen dabei,
Wenn wir springen und tummeln im Grase nieder.

Ich habe dem Prinzen Florizel gedient und trug einst dreischürigen Samt; aber jetzt bin ich außer Diensten:

Doch sollt' ich deshalb trauern, mein Schatz?
Der Mond bei Nacht scheint hell,
Und wenn ich wandre von Platz zu Platz,
Dann komm ich zur rechten Stell'.

Wenn Kesselflicker im Lande leben,
Und wandern mit Ruß geschwärzt;
So darf ich doch auch noch Antwort geben,
Und im Stock selbst wird wohl gescherzt.

Mein Handelszweig ist Hemden; wenn erst der Habicht baut, so seht nur auch nach der kleineren Wäsche. Mein Vater nannte mich Autolycus; der, da er wie ich unter dem Merkur geworfen wurde, ebenfalls ein Aufschnapper von unbedeutenden Kleinigkeiten war. Die Würfel und die Dirnen haben mir zu dieser Ausstaffierung verholfen, und mein Einkommen ist die winzige Taschendieberei[26]; Galgen und Totschlag sind mir zu mächtig auf der großen Straße, denn Prügeln und Hängen sind mir ein Graus; was das zukünftige Leben betrifft, den Gedanken daran verschlaf ich. – Ein Fang! ein Fang!

(Der junge Schäfer tritt auf.)

Der junge Schäfer. Laßt doch sehen: – immer elf Hammel machen einen Stein – jeder Stein gibt ein Pfund – und etliche Schilling: funfzehnhundert geschoren – wie hoch kommt die Wolle dann?

26. *silly cheats* (Bauernfang [Schücking]).

Autolycus *(beiseit).* Wenn die Schlinge hält, so ist die Schnepfe mein.

Der junge Schäfer. Ich kann es ohne Rechenpfennige nicht herausbringen. – Laßt doch sehn, was soll ich kaufen für unser Schafschurfest? »Sieben Pfund Korinthen, drei Pfund Zucker, Reis« – was will denn meine Schwester mit Reis machen? Aber mein Vater hat sie zur Wirtin beim Fest gemacht, und sie versteht's. Sie hat mir vierundzwanzig Sträuße für die Scherer gebunden, immer drei singen einen Kanon und herrlich; freilich sind die meisten Tenor und Baß[27]; nur ein Puritaner ist darunter, und der singt Psalmen zum Dudelsack. Ich muß haben »Safran, die Äpfeltorten zu färben, Muskatenblüte – Datteln –« keine, die stehn nicht auf dem Zettel: »Muskatennüsse, sieben; ein oder zwei Stangen Ingwer«; aber die müssen sie mir zugeben: – »vier Pfund Pflaumen und ebensoviel Traubenrosinen.«

Autolycus. Oh, wär' ich nie geboren!

(Er wälzt sich auf der Erde.)

Der junge Schäfer. Ei, ei, um Gottes willen –

Autolycus. Oh, Hülfe! reißt mir diese Lumpen ab, und dann Tod, Tod!

Der junge Schäfer. Ach, arme Seele! du hättest eher nötig, daß dir mehr Lumpen angelegt würden, als diese da abgerissen.

Autolycus. Ach, Herr, der Ekel vor ihnen quält mich mehr als die Schläge, die ich bekommen habe, und die waren derb und wohl Millionen.

Der junge Schäfer. Du armer Mensch! Millionen Prügel, das mag ziemlich viel ausmachen.

Autolycus. Ich bin beraubt, Herr, und geschlagen; mein Geld und meine Kleider sind mir genommen, und dies abscheuliche Zeug ist mir angezogen.

Der junge Schäfer. Wie, durch einen Reiter oder einen Fußgänger?

Autolycus. Ein Fußgänger, lieber Herr, ein Fußgänger.

27. »Wie sich in Autolycus nicht die Gaunersprache wiedergeben läßt, so hier nicht der Doppelsinn des Clown [jungen Schäfers]: – but they are of them means and bases: – Tenor und Baß – und was könnten sie fast anders singen? most of them are – means, geringe, schlecht and bases, und nichts wert, nichtsnutzig, durch die Art zu sprechen an mean und base erinnernd.« (Anmerkung der Ausgabe von 1843/44.)

Der junge Schäfer. Wahrhaftig, nach der Kleidung, die er dir gelassen hat, muß er ein Fußgänger gewesen sein; wenn das ein Reiterwams ist, so muß es heißen Dienst ausgestanden haben. Gib mir die Hand, ich will dir aufhelfen; komm, gib mir die Hand.

(Er hilft ihm auf.)

Autolycus. Oh! guter Herr, sachte, au weh, sachte!

Der junge Schäfer. Ei, du arme Seele!

Autolycus. Ach, lieber Herr, sachte; guter Herr, sachte![28] *(Er zieht ihm die Börse aus der Tasche.)* Ihr habt mir einen rechten Liebesdienst getan.

Der junge Schäfer. Brauchst du Geld? ich will dir etwas Geld geben.

Autolycus. Nein, guter, süßer Herr, nein, ich bitte Euch; ich habe ungefähr dreiviertel Meile von hier einen Verwandten, zu dem ich gehn wollte, dort bekomm ich Geld und alles, was ich brauche; bietet mir kein Geld, ich bitt Euch, das kränkt mein Herz.

Der junge Schäfer. Was für eine Art von Kerl war es, der dich beraubte?

Autolycus. Ein Kerl, Herr, den ich wohl habe mit dem Spiel Trou-Madame herumgehen sehn; ich weiß, daß er auch einmal in des Prinzen Diensten war, doch kann ich nicht sagen, guter Herr, für welche von seinen Tugenden es war, aber gewiß, er wurde vom Hofe weggepeitscht.

Der junge Schäfer. Laster wolltest du sagen, denn es gibt keine Tugenden, die vom Hofe gepeitscht werden; sie halten sie dort wert, damit sie bleiben sollen, und doch pflegen sie nur immer durchzureisen.

Autolycus. Laster wollte ich sagen, Herr. Ich kenne den Mann wohl, er ist seitdem ein Affenführer gewesen, dann ein Gerichtsknecht und Scherge; darauf brachte er zuwege ein Puppenspiel vom verlornen Sohn und heiratete eines Kesselflickers Frau, eine Meile von meinem Haus und Hof, und nachdem er jede diebische Profession durchlaufen hatte, setzte er sich endlich als Spitzbube; einige nennen ihn Autolycus.

28. Es folgt: *I fear, Sir, my shoulderblade is out.* Clown: *How not! canst stand?* Autolycus: *Softly, dear Sir; good Sir, softly.*
(Ich fürchte, Herr, mein Schulterblatt ist raus. Junger Schäfer: Wie nun! Kannst du stehen? Autolycus: Sachte, lieber Herr; guter Herr, sachte.)

Der junge Schäfer. Der Henker hol' ihn! Ein Gauner, mein Seel, ein Gauner; er treibt sich auf Kirchmessen, Jahrmärkten und Bärenhetzen herum.

Autolycus. Sehr wahr, Herr, der ist es, Herr; das ist der Schurke, der mich in dies Zeug gesteckt hat.

Der junge Schäfer. Kein so feiger Schurke in ganz Böhmen; hättest du dich nur etwas in die Brust geworfen und ihn angespuckt, so wäre er davongelaufen.

Autolycus. Ich muß gestehn, Herr, ich bin kein Fechter; in dem Punkte steht es schwach mit mir, und das wußte er, das könnt Ihr glauben.

Der junge Schäfer. Wie geht's dir nun?

Autolycus. Viel besser als vorher, süßer Herr, ich kann stehn und gehn; ich will nun Abschied von Euch nehmen und ganz sachte zu meinem Vetter hingehn.

Der junge Schäfer. Soll ich dich auf den Weg bringen?

Autolycus. Nein, schöner Herr; nein, mein süßer Herr.

Der junge Schäfer. So lebe denn wohl; ich muß gehn und für unsre Schafschur Gewürze kaufen.

(Er geht ab.)

Autolycus. Viel Glück, süßer Herr! – Dein Beutel ist nicht heiß genug, um Gewürz zu kaufen. Ich will euch auch bei eurer Schafschur heimsuchen. Wenn ich aus dieser Schelmerei nicht eine zweite hervorbringe, und die Scherer nicht zu Schafen mache, so möge man mich ausstoßen und meinen Namen auf das Register der Tugend setzen!

Frisch auf, frisch auf, den Fußsteig geht,
Über den Graben, lustig in Eil' ja;
Der Lust'ge läuft von früh bis spät,
Der Mürr'sche kaum 'ne Meil' ja.

(Er geht ab.)

VIERTE SZENE

(Florizel und Perdita treten auf.)

Florizel. Dies fremde Kleid macht jeden deiner Reize
Lebend'ger; keine Schäferin, nein, Flora,
Dem frühsten Lenz entsprossen. Diese Schafschur,
Versammlung ist sie aller Liebesgötter,
Und du bist ihre Kön'gin.

Perdita. Gnäd'ger Herr,

Eu'r seltsam Tun zu schelten ziemt mir nicht;
Verzeiht, ich nenn es so; Eu'r hohes Selbst,
Des Landes holden Stern, habt Ihr verdunkelt
Durch Bauerntracht; mich arme, niedre Magd
Geputzt gleich einer Göttin. Die Gewohnheit
Erlaubt viel Törichtes bei unsern Festen,
Gebilligt stets, sonst müßt' ich wohl erröten,
Euch in dem Kleid zu sehn, gewählt, so mein ich,
Ein Spiegel mir zu sein.

Florizel. Heil jenem Tage,
Als über deines Vaters Grund hinflog
Mein lieber Falke.

Perdita. Füge sich's zum Guten!
Mich ängstet dieser Abstand, Eure Hoheit
Verschmäht die Furcht; doch mich befällt ein Zittern,
Denk ich, es könn' ein Zufall Euren Vater
Wie Euch des Weges führen; o ihr Götter,
Wie würd' er staunen, in so schlechtem Band
Sein edles Buch zu sehn? Was würd' er sagen?
Und ich, so in geborgtem Tand, wie könnt' ich
Die Strenge seines Blicks ertragen?

Florizel. Denke
Jetzt nichts als Fröhlichkeit. Die Götter selbst,
Sich vor der Liebe Gottheit beugend, hüllten
Sich oft in Tiergestalten; Jupiter,
Er brüllt' als Stier; Neptun, der grüne, blökte
Als Widder, und der Gott im Feuerkleid,
Apoll, der goldne, war ein armer Schäfer,
Wie ich jetzt scheine; sie verwandelten
Sich nie um einer holdern Schönheit willen,
Noch in so reiner Meinung, denn mein Wunsch
Geht nicht voraus der Ehr', und mein Verlangen
Brennt heißer nicht als meine Treu'.

Perdita. Doch, Prinz,
Brecht Ihr dies Wort einst, wenn, und so geschieht's,
Des Königs Macht sich ihm entgegenstellt:
Eins von den beiden wird Notwendigkeit,
Die dann gebeut, daß Eure Liebe ende,
Wo nicht mein Leben.

Florizel. Teure Perdita,
Verdunkle mit so fernen Sorgen nicht
Des Festes Lust; dein will ich sein, Geliebte,

Oder des Vaters nicht, denn ich kann nimmer
Mein eigen sein noch irgendwem gehören,
Wenn ich nicht dein bin; hieran halt ich fest,
Spricht auch das Schicksal: ›Nein.‹ Sei fröhlich, Holde,
Zerstreue alle Sorgen so wie diese
Im Scherz der Gegenwart. Die Gäste kommen,
Erheitre dein Gesicht, als wäre heut
Der hochzeitliche Tag, den wir uns beide
Geschworen, daß er kommen soll.

Perdita. Fortuna
Sei uns geneigt.

(Es treten auf der alte und junge Schäfer mit vielen andern Schäfern; Polyxenes und Camillo verkleidet unter ihnen. Mopsa, Dorcas und andere Mädchen.)

Florizel. Sieh, deine Gäste nahn,
Nun stimme dich, sie froh zu unterhalten,
Daß rot die Wangen sind in Freud' und Scherz.

Der alte Schäfer.
Pfui, Tochter! da noch meine Alt' am Leben,
An dem Tag war sie Schaffner, Kellner, Koch,
Hausfrau und Magd, empfing, bediente jeden,
Sang ihren Vers, tanzt' ihren Reih'n; bald hier,
Zuoberst an dem Tisch, bald in der Mitte;
Auf den gelehnt und den; ihr Antlitz Feuer,
Durch Arbeit und durch das, womit sie's löschte,
Denn allen trank sie zu; du bist so blöde[29],
Als wärst du von den Gästen, nicht die Wirtin
Des Hauses; bitte, geh und heiß willkommen
Die unbekannten Freunde; denn so werden
Sie uns zu bessern und bekanntern Freunden.
Komm, dämpfe dein Erröten, zeige dich
Vorstand des Festes, wie du bist; komm her,
Und heiß bei deiner Schafschur uns willkommen,
Daß dir gedeih' die Herde.

Perdita *(zu Polyxenes)*. Herr, willkommen!
Mein Vater will, daß ich der Hausfrau Amt
Heut übernehmen soll: – Ihr seid willkommen!
Gib mir die Blumen, Dorcas. – Würd'ge Herrn,
Für Euch ist Rosmarin und Raute, Frische
Und Duft bewahren sie den ganzen Winter:

29. *retired* (zurückgezogen, verlegen).

Sei Gnad' und Angedenken Euer Teil.
Willkommen unsrer Schafschur!

Polyxenes. Schäferin,
Wie bist du schön; dem Alter ziemend schenkst du
Uns Winterblumen.

Perdita. Wenn das Jahr nun altert –
Noch vor des Sommers Tod und der Geburt
Des frost'gen Winters –, dann blühn uns am schönsten
Blutnelken und die streif'gen Liebesstöckel,
Bastarde der Natur will man sie nennen:
Die trägt nicht unser Bauergarten, Senker
Von ihnen hab ich nie gesucht.

Polyxenes. Weshalb
Verschmähst du sie, mein holdes Kind?

Perdita. Ich hörte,
Daß, nächst der großen schaffenden Natur,
Auch Kunst es ist, die diese bunt färbt.

Polyxenes. Sei's:
Doch wird Natur durch keine Art gebessert,
Schafft nicht Natur die Art: so, ob der Kunst,
Die, wie du sagst, Natur bestreitet, gibt es
Noch eine Kunst, von der Natur erschaffen.
Du siehst, mein holdes Kind, wie wir vermählen
Den edlern Sproß dem allerwildsten Stamm;
Befruchten so die Rinde schlechtrer Art
Durch Knospen edler Frucht. Dies ist 'ne Kunst,
Die die Natur verbessert – mindstens ändert:
Doch diese Kunst ist selbst Natur.

Perdita. So ist es.

Polyxenes.
Drum schmück mit Liebesstöckeln deinen Garten,
Schilt sie Bastarde nicht.

Perdita. Den Spaten steck ich
Nicht in die Erd', ein einz'ges Reis zu pflanzen:
Sowenig als, wär' ich geschminkt, ich wünschte,
Daß dieser Jüngling mich drum lobt' und deshalb
Nur mich zur Braut begehrt'. – Hier habt Ihr Blumen!
Lavendel, Münze, Salbei, Majoran;
Die Ringelblum', die mit der Sonn' entschläft
Und weinend mit ihr aufsteht; das sind Blumen
Aus Sommersmitt' und die man geben muß
Den Männern mittlern Alters: seid willkommen!

Camillo. Wär' ich aus deiner Herd', ich ließ' die Fluren
Und lebte nur vom Schauen.
Perdita. O weh! Ihr würdet
So mager dann, daß durch und durch Euch bliesen
Die Stürme des Januar. – Nun, schönster Freund,
Wünscht' ich mir Frühlingsblumen, die sich ziemen
Für Eure Tageszeit, und Eur', und Eure,
Die Ihr noch tragt auf jungfräulichem Zweig
Die Mädchenknospe. – O Proserpina!
Hätt' ich die Blumen jetzt, die du erschreckt
Verlorst von Plutos Wagen! Anemonen,
Die, eh' die Schwalb' es wagt, erscheinen und
Der Märzes Wind' mit ihrer Schönheit fesseln;
Violen, dunkel, wie der Juno Augen,
Süß wie Cytherens Atem; bleiche Primeln,
Die sterben unvermählt, eh' sie geschaut
Des goldnen Phöbus mächt'gen Strahl, ein Übel,
Das Mädchen oft befällt; die dreiste Maßlieb,
Die Kaiserkrone, Lilien aller Art,
Die Königslilie drunter! hätt' ich die,
Dir Kron' und Kranz zu flechten, süßer Freund,
Dich ganz damit bestreuend!
Florizel. Wie den Leichnam?
Perdita. Nein, wie der Liebe Lager, drauf zu kosen,
Nicht wie ein Leichnam, mindstens nicht fürs Grab,
Nein, lebend mir im Arm. Kommt, nehmt die Blumen,
Mich dünkt, ich rezitiere, wie ich's sah
Im Pfingstspiel; denn gewiß, dies prächt'ge Kleid
Verwandelt meinen Sinn.
Florizel. Was du auch tust,
Ist stets das Holdeste. Sprichst du, Geliebte,
Wünsch ich, du tätst dies immer; wenn du singst,
Wünsch ich, du kauftest, gäbst Almosen so,
Sängst dein Gebet, tätst jedes Hausgeschäft
Nur im Gesange; tanzest du, so wünsch ich,
Du seist 'ne Meereswell' und tätest nichts
Als dies, stets in Bewegung, immerdar,
Dies dein Gebärden. All dein Tun und Wirken,
So auserlesen im Gewöhnlichsten,
Krönt all dein Handeln, wie du's eben tust,
Daß Königin ist jeglich Walten.
Perdita. Doricles,

Dein Lob ist allzuhoch; wenn deine Jugend
Und treues Blut, das lieblich sie durchleuchtet,
Dich nicht als Schäfer echten Sinns bezeugte,
So müßt' ich weislich fürchten, Doricles,
Du würbest falsch um mich.

Florizel. Du hast, so denk ich,
Zur Furcht so wenig Gab', als ich den Willen,
Sie zu erregen. – Doch zum Tanz, ich bitte,
Gib mir die Hand; so paaren Turteltauben,
Die nimmer scheiden wollen.

Perdita. Darauf schwör ich.

Polyxenes.
Dies ist das schmuckste Hirtenkind, das je
Gehüpft auf grünem Plan; nichts tut noch spricht[30] sie,
Das nicht nach Größrem aussieht als sie ist,
Zu hoch für solchen Platz.

Camillo. Er sagt ihr etwas,
Das sie erröten macht; fürwahr, sie ist
Die Königin von Milch und Rahm.

Der junge Schäfer. Spielt auf!

Dorcas. Mopsa muß mit Euch tanzen; Knoblauch her,
Um ihren Kuß zu würzen. –

Mopsa. Seht doch, seht!

Der junge Schäfer.
Kein Wort, kein Wort; hier gilt's auf Sitte halten. –
Spielt auf.

(Musik; Tanz der Schäfer und Schäferinnen.)

Polyxenes. Sprich Schäfer, wer ist jener schöne Hirt,
Der jetzt mit deiner Tochter tanzt?

Der alte Schäfer. Sie nennen
Ihn Doricles, und er berühmt sich selbst,
Daß er vermögend sei; doch weiß ich solches
Allein durch ihn und glaub's; denn er sieht aus
Wie Wahrheit selbst. Er sagt, er liebt mein Mädchen;
Ich schwöre drauf, denn niemals sah der Mond
So starr ins Wasser, als er steht und gleichsam
Der Tochter Blick studiert; und, meiner Seele,
Nicht einen halben Kuß beträgt es wohl,
Wer mehr den andern liebt.

Polyxenes. Sie tanzt sehr zierlich.

30. *seems* (scheint).

Der alte Schäfer.
So tut sie alles; ob ich's selbst schon sage,
Für den sich's wohl nicht schickt; wenn Doricles
Sie noch bekommt, so bringt sie ihm was mit,
Wovon er sich nicht träumen läßt.
(Ein Knecht tritt auf.)

Knecht. O Herr, wenn Ihr den Hausierer vor der Tür hören könntet, so würdet Ihr nie wieder nach Trommel und Pfeife tanzen, nein, selbst der Dudelsack brächte Euch nicht auf die Beine; er singt so mancherlei Melodien, schneller als Ihr Geld zählt; sie kommen ihm aus dem Munde, als hätte er Balladen gegessen, und aller Ohren hängen an seinen Worten.

Der junge Schäfer. Er konnte niemals gelegener kommen, er soll eintreten. Eine Ballade liebe ich über alles, wenn es eine traurige Geschichte ist, zu einer lustigen Melodie, oder ein recht spaßhaftes Ding und kläglich abgesungen.

Knecht. Er hat Lieder für Mann und Weib, lang und kurz: kein Putzhändler kann seine Kunden so mit Handschuh bedienen; er hat die artigsten Liebeslieder für Mädchen, so ohne Anstößigkeiten, und das ist was Seltenes, und so feine Schlußreime mit *Dideldum* und *Trallalla*, und *pufft sie und knufft sie*, und wo so ein breitmauliger Flegel gleichsam was Böses sagen möchte und mit der Tür ins Haus fallen, da läßt er das Mädchen antworten: Heisa, tu mir nichts, mein Schatz; sie fertigt ihn ab und läßt ihn laufen mit: Heisa, tu mir nichts, mein Schatz.

Polyxenes. Das ist ein allerliebster Kerl.

Der junge Schäfer. Mein Seel, das muß ein außerordentlich gebildeter Kerl sein. Hat er Waren von Bedeutung?[31]

Knecht. Er hat Bänder von allen Farben des Regenbogens, spitzige Häkeleien, mehr als alle Advokaten in Böhmen handhaben können, wollten sie sie ihm auch in Masse abnehmen: Garn, Wolle, Kammertuch, Leinewand hat er, und er singt sie alle ab, als wären es lauter Götter und Göttinnen; Ihr würdet denken, ein Weiberhemd wäre ein weiblicher Engel, so singt er Euch über das Ärmelchen und über den Busenstreifen.

31. *unbraided wares* (ungeflochtene Ware).

Der junge Schäfer. Ich bitte dich, bring ihn her, und laß ihn mit Gesang hereinkommen.

Perdita. Verwarne ihn, daß er keine unschicklichen Sachen in seinen Liedern anbringt.

Der junge Schäfer. O Schwester, es gibt Hausierer, die mehr auf sich haben, als du dir vorstellst.

Perdita. Ja, guter Bruder, oder mir vorstellen mag.

(Autolycus kommt singend herein.)

Autolycus.

Linnen, weiß wie frischer Schnee,
Kreppflor, schwärzer als die Kräh',
Handschuh, weich wie Frühlingsrasen,
Masken für Gesicht und Nasen;
Armband, Halsgehäng voll Schimmer;
Rauchwerk für ein Damenzimmer,
Goldne Mütz' und blanker Latz,
Junggesell', für deinen Schatz;
Nadeln, Zeug' in Woll' und Seiden,
Sich von Kopf zu Fuß zu kleiden.
Kauft, Bursche, daß ich Handgeld löse!
Kauft, kauft, sonst wird das Mädchen böse!

Der junge Schäfer. Wenn ich nicht in Mopsa verliebt wäre, so solltest du mir kein Geld abnehmen; aber da sie mich einmal weghat, sollst du auch einige Bänder und Handschuhe loswerden.

Mopsa. Sie wurden mir schon zu dem Fest versprochen, aber sie kommen nun auch noch früh genug.

Dorcas. Er hat dir mehr als das versprochen, wenn es keine Lügner hier gibt.

Mopsa. Dir hat er alles bezahlt, was er dir versprach, vielleicht auch noch mehr und was dir Schande machen würde, ihm wiederzugeben.

Der junge Schäfer. Sind denn gar keine Manieren mehr unter den Mädchen? wollen sie ihre Unterröcke da aushängen, wo sie ihre Gesichter tragen sollten? Ist denn keine Zeit beim Melken, wenn ihr zu Bette geht oder am Backofen, von diesen Heimlichkeiten zu flüstern, daß ihr euer Kikelkakel vor allen Gästen ausschreien müßt? Zum Glück sprechen sie heimlich miteinander; haltet 's Maul mit euren Zungen, und kein Wort mehr.

Mopsa. Ich bin fertig. Komm, du versprachst mir ein blankes Schnürband und ein Paar wohlriechende Handschuh'.

Der junge Schäfer. Hab ich dir denn nicht erzählt, wie ich unterwegs geprellt ward und um all mein Geld kam?

Autolycus. Freilich, Herr, es gibt Gauner hierherum, darum muß der Mensch auf seiner Hut sein.

Der junge Schäfer. Fürchte du dich nicht, Mann, du sollst hier nichts verlieren.

Autolycus. Das hoff ich, Herr, denn ich habe manch Stück von Wert bei mir.

Der junge Schäfer. Was hast du da? Balladen?

Mopsa. Ei, bitte, kauf ein paar; eine Ballade gedruckt hab ich für mein Leben gern, denn da weiß man doch gewiß, daß sie wahr sind.

Autolycus. Hier ist eine auf gar klägliche Weise: Wie eines Wucherers Frau in Wochen kam mit zwanzig Geldsäcken, und wie sie ein Gelüst hatte nach Schlangenköpfen und frikassierten Kröten.

Mopsa. Glaubt ihr, daß das wahr ist?

Autolycus. Gewiß wahr, und erst vor einem Monat geschehn.

Dorcas. Gott bewahre mich davor, einen Wucherer zu heiraten!

Autolycus. Hier ist der Name der Hebamme, einer gewissen Frau Schwatzmann, und von noch fünf oder sechs ehrlichen Frauen, die dabei waren; warum sollte ich wohl Lügen herumtragen?

Mopsa. Bitte, kauf das.

Der junge Schäfer. Schon gut, legt es beiseit, und zeigt uns erst noch mehr Balladen; die andern Sachen wollen wir auch gleich kaufen.

Autolycus. Hier ist eine andere Ballade, von einem Fisch, der sich an der Küste sehen ließ, Mittwochs den achtzigsten April, vierzigtausend Klafter über dem Wasser, der sang diese Ballade gegen die harten Herzen der Mädchen; man glaubt, er sei ein Weib gewesen, die in einen kalten Fisch verwandelt ward, weil sie einen, der sie liebte, nicht glücklich machen wollte. Die Ballade ist sehr kläglich und ebenso wahr.

Dorcas. Glaubt ihr, daß das auch wahr ist?

Autolycus. Fünf Beamte haben es unterschrieben und Zeugen mehr, als mein Paket fassen kann.

Der junge Schäfer. Legt es auch beiseit; noch eine.

Autolycus. Dies ist eine lustige Ballade, aber eine sehr hübsche.

Mopsa. Einige lustige müssen wir auch haben.

Autolycus. Nun, dies ist eine sehr lustige, und sie geht auf die Melodie: Zwei Mädchen freiten um einen Mann; es ist kaum ein Mädchen da nach dem Westen zu, das sie nicht singt; sie wird sehr gesucht, das kann ich euch sagen.

Mopsa. Wir beide können sie singen, willst du eine Stimme singen, so kannst du sie hören; sie ist dreistimmig.

Dorcas. Wir haben die Weise schon seit einem Monat.

Autolycus. Ich kann meine Stimme singen; ihr müßt wissen, das ist eigentlich meine Beschäftigung. Nun fangt an.

GESANG

Autolycus. Fort mit dir, denn ich muß gehn;
Doch wohin, darfst du nicht sehn.
Dorcas. Nicht doch!
Mopsa. Oh, nicht doch!
Dorcas. Nicht doch!
Mopsa. Soll ich traun auf deinen Eid,
Sag mir deine Heimlichkeit.
Dorcas. Nimm mich mit, wohin? O sprich doch.
Mopsa. Geht's zur Mühle? geht's zur Scheuer?
Dorcas. Ist es, so bezahlst du's teuer.
Autolycus. Nicht doch!
Dorcas. Wie, nicht doch?
Autolycus. Nicht doch!
Dorcas. Schworst du nicht, mein Schatz zu sein?
Mopsa. Nein, du schworst es mir allein;
Wohin denn gehst du? sprich doch.

Der junge Schäfer. Wir wollen dies Lied für uns zu Ende singen; mein Vater und die Herren sind in einem ernsthaften Gespräch, und wir wollen sie nicht stören. Komm, und nimm dein Paket mit. Dirnen, ich will euch beiden was kaufen: – Krämer, laß uns zuerst aussuchen. – Kommt mir nach, Kinder.

Autolycus *(beiseit)*. Und du sollst gut für sie bezahlen.
(Singt.) Kauft Band und Spitzen,
Schnür' an die Mützen!
Mein Hühnchen, meine Kleine da:
Auch Zwirn und Seide,
Und Kopfgeschmeide,

Die neuste War', ganz feine, ja.
Wer nur dem Krämer
Geld gibt, da, nehm' er,
Der ganze Pack ist seine, ha!

(Der junge Schäfer, Autolycus, Dorcas und Mopsa gehn ab.)

(Ein Knecht tritt auf.)

Knecht. Herr, da sind drei Fuhrknechte, drei Schäferknechte, drei Ochsenknechte und drei Schweineknechte, die haben sich ganz zu Menschen voller Haare gemacht; sie nennen sich selber Saaltiere, und sie haben einen Tanz, von dem die Dirnen sagen, es ist ein Gemengsel von Luftsprüngen, weil sie nicht mit dabei sind. Aber sie selbst sind der Meinung (wenn es nicht zu wild ist für einige, die von nichts wissen als von Ländern und Walzen[32]), es würde ausnehmend gefallen.

Der alte Schäfer. Fort damit! wir wollen es nicht; wir haben schon zuviel bäurische Narrenspossen gehabt: – ich weiß, Herr, wir machen Euch Langeweile.

Polyxenes. Ihr macht denen Langeweile, die uns Kurzweil bringen; ich bitt Euch, laßt uns die vier Dreiheiten von Knechten sehn.

Knecht. Drei von ihnen haben, wie sie selbst sagen, vor dem Könige getanzt, und nicht der schlechteste von den Dreien, der nicht zwölf und einen halben Fuß in der Breite springen kann.

Der alte Schäfer. Laß dein Schwatzen; und da es diesen werten Männern recht ist, mögen sie hereinkommen, aber denn auch gleich.

Knecht. Ei, sie sind hier nahebei.

(Der Knecht geht ab.)

(Zwölf Bauern kommen als Satyrn verkleidet, sie tanzen und gehn ab.)

Polyxenes. Ja, Vater, Ihr sollt mehr dereinst erfahren. –
(Zu Camillo.)
Ging's nicht zu weit schon? – Zeit ist's, sie zu trennen. –
In Einfalt sagt er g'nug. – *(Laut.)* Nun, schöner Schäfer,
Eu'r Herz ist voll von etwas, das vom Fest
Den Sinn Euch ablenkt. Wahrlich, als ich jung
Und so verliebt wie Ihr, da überlud ich
Mit Tand mein Mädchen; ausgeplündert hätt' ich

32. *bowling* (Kegeln).

Des Krämers seidnen Schatz, und ihr zu Füßen
Ihn ausgeschüttet; doch Ihr ließt ihn gehn
Und kauftet nichts; wenn Eure Liebste sich
Zu deuten dies erlaubt und schilt es Mangel
An Lieb' und Großmut, seid Ihr wohl verlegen
Um eine Antwort, ist's Euch wirklich Ernst,
Ihr Herz Euch zu bewahren.

Florizel. Alter Herr,
Ich weiß, sie achtet nicht auf solchen Tand;
Geschenke, die von mir sie hofft, sind im
Verschluß von meinem Herzen, das ist schon
Ihr Eigentum, wenn auch nicht überliefert. –
Vernimm mein Innerstes vor diesem Greis,
Der, wie es scheint, auch einst in Liebe war;
Hier nehm ich deine Hand, die teure Hand,
Wie Flaum von Tauben weich und ganz so weiß
Wie eines Mohren Zahn, wie frischer Schnee,
Der zweimal ward vom Nordwind reingesiebt.

Polyxenes. Und weiter dann? –
Wie hübsch der junge Mann zu waschen scheint
Die Hand, so weiß vorher! – Ich macht' Euch irre: –
Doch fahrt nun fort in der Beteurung, laßt
Mich hören, was Ihr schwört.

Florizel. Wohl, seid mein Zeuge.

Polyxenes. Und hier mein Nachbar auch?

Florizel. Und er, und mehr
Als er und Menschen, Himmel, Erd' und alles,
Daß – trüg' ich auch des größten Reiches Krone,
Als Würdigster, wär' ich der schönste Jüngling,
Der je ein Aug' entzückt, an Kraft und Wissen
Mehr als ein Mensch – dies alles schätzt' ich nichts
Ohn' ihre Lieb', ihr schenkt' ich alles dann;
In ihrem Dienst nur würd' es niedrig, hoch,
Oder als Nichts verdammt.

Polyxenes. Ein hohes Wort.

Camillo. Dies zeugt von starker Liebe.

Der alte Schäfer. Meine Tochter,
Sagst du ihm ebendas?

Perdita. Ich kann so gut
Nicht reden, nichts so tun, nicht besser fühlen;
Nach meines eignen Sinnes Klarheit meß ich
Des seinen Reinheit.

Der alte Schäfer. Beschlossen, gebt die Hände; –
Und, unbekannte Freund', Ihr seid uns Zeugen:
Die Tochter geb ich ihm, und ihre Mitgift
Mach ich der seinen gleich.

Florizel. Das könnt Ihr nur
In Eurer Tochter Wert. Wenn jemand stirbt,
Hab ich einst mehr, als Ihr Euch träumen laßt;
Genug für Euer Staunen. Jetzt verbindet
Vor diesen Zeugen uns.

Der alte Schäfer. So gebt die Hand –
Auch, Tochter, du.

Polyxenes. Halt, Jüngling, noch ein wenig.
Hast du 'nen Vater?

Florizel. Ja. Doch was soll der?

Polyxenes. Weiß er davon?

Florizel. Nein, und er soll auch nicht.

Polyxenes. Ein Vater, dünkt mich,
Ist bei des Sohnes Hochzeitfest ein Gast,
Der seinen Tisch am meisten schmückt. Sprich, bitte,
Ist nicht dein Vater zu vernünft'gem Tun
Unfähig? auch nicht blöd gesinnt vor Alter?
Von Gicht geplagt? kann er noch sprechen, hören?
Sein Gut verwalten? Menschen unterscheiden?
Liegt er gelähmt im Bett und handelt nur
Wie kind'sches Alter?

Florizel. Nein, mein guter Herr,
Er ist gesund, und Wen'ge seines Alters
Sind so voll Kraft.

Polyxenes. Bei meinem weißen Bart,
Ihr tut ihm, ist es so, ein Unrecht, das
Nicht einem Kinde ziemt; Recht ist's, daß sich
Mein Sohn selbst wählt die Braut; doch Recht nicht minder,
Daß auch der Vater, dessen größte Freude
Die Enkel sind, zu Rat gezogen werde
Bei diesem Schritt.

Florizel. Das will ich nicht bestreiten;
Doch wegen andrer Gründe, ernster[33] Herr,
Die Ihr nicht wissen dürft, sagt' ich dem Vater
Von meinem Vorsatz nichts.

33. *grave* (würdig, angesehen).

Polyxenes. Doch laßt's ihn wissen.
Florizel. Er soll nicht.
Polyxenes. Tut's, ich bitt Euch.
Florizel. Nein, er darf nicht.
Der alte Schäfer.
Tu's, lieber Sohn; er hat sich nicht zu grämen,
Erfährt er deine Wahl.
Florizel. Nein, nein, er darf nicht: –
Jetzt zur Verlöbnis.
Polyxenes *(indem er sich zu erkennen gibt).*
Jetzt zur Scheidung, Knabe,
Den ich nicht Sohn mehr nennen darf; zu niedrig
Für dieses Wort: der seinen Szepter tauscht
Um einen Schäferstab! – Greiser Verräter,
Laß ich dich hängen, kürz ich leider nur
Dein Leben um acht Tage. – Und du, Prachtstück
Ausbünd'ger Hexenkunst, die kennen mußte
Den Königsnarren, der ihr nachlief; –
Der alte Schäfer. Oh, mein Herz!
Polyxenes.
Der Dorn soll deine Schönheit dir zergeißeln,
Bis sie nichtswürd'ger wird als deine Herkunft. –
Dir sag ich, junger Tor – erfahr ich je,
Daß du nur seufzest, weil du nie mehr, nie
Dies Ding hier siehst, wie du gewiß nicht sollst,
Verschließ ich dir dein Erbrecht, nenne dich
Mein Blut nicht, ja, mir auch nicht anverwandt,
Fern von Deucalion her: – merk auf mein Wort,
Folg uns zum Hof. – Du Bauer, für diesmal,
Ob unsers Zorns gleich wert, doch freigesprochen
Von seinem Todesstreich. – Und du, Bezaubrung,
Wohl eines Schafknechts wert, ja, sein sogar,
Für den du, wär' mein Ruhm dadurch nicht krank,
Zu gut noch bist, wenn du von jetzt an wieder
Für ihn den Riegel dieser Hütte öffnest
Und seinen Leib mit deinem Arm umklammerst, –
Erfind ich Todesarten dir, so grausam,
Wie du für sie zu zart bist.
(Er geht ab.)
Perdita. Nun schon jetzt vernichtet;
Ich war nicht sehr erschreckt, denn ein, zwei Mal
Wollt' ich schon reden, wollt' ihm offen sagen,

Dieselbe Sonn', an seinem Hofe leuchtend,
Verberg' ihr Antlitz nicht vor unsrer Hütte
Und schau' auf beide gleich. – Wollt Ihr nun gehn, mein Prinz?
Ich sagt' Euch, was draus werden würde; bitte,
Denkt Eures Standes nun: von meinem Traum
Erwacht, bin ich kein Zoll mehr Kön'gin, nein,
Die Schafe melkend wein ich.

Camillo. Nun, Vater, wie?
Sprich, eh' du stirbst.

Der alte Schäfer. Nicht denken, sprechen kann ich,
Getrau mir nicht zu wissen, was ich weiß. –
O Prinz!
Elend macht Ihr den Mann von dreiundachtzig,
Der ohne Angst sein Grab zu füllen dachte,
Im Bett zu sterben, wo mein Vater starb,
Ganz nah bei seinem ehrbarn Staub zu liegen:
Jetzt hüllt ein Henker mich ins Leichenhemd,
Wirft hin mich, wo kein Priester Erde streut. –
Gottloses Ding! die du den Prinzen kanntest
Und hattst das Herz, dich mit ihm zu verloben. –
Oh, Unheil! Unheil! Stürb' ich diese Stunde,
Hätt' ich's erlebt, zu sterben recht nach Wunsch.
(Er geht ab.)

Florizel. Was seht ihr mich so an?
Ich bin verstört, nicht abgeschreckt; verhindert,
Doch nicht verändert; was ich war, das bin ich;
Nur mut'ger streb ich vor, zieht man mich rückwärts,
Nicht folg im Mißmut ich dem Zügel.

Camillo. Prinz,
Ihr kennt des Vaters Sinnesart: für jetzt
Ist nicht mit ihm zu sprechen – und, ich denke,
Das ist auch Eure Absicht nicht; – so wird er
Auch Euren Anblick kaum ertragen, fürcht ich;
Drum, bis der Zorn der Majestät sich stillt,
Erscheinet nicht vor ihm.

Florizel. Ich will auch nicht.
Ihr seid Camillo?

Camillo. Ja, mein gnäd'ger Herr.

Perdita.
Wie oft sagt' ich Euch nicht, so würd' es kommen?

Wie oft sprach ich: die Würde trag ich nur,
Bis es bekannt wird?
F l o r i z e l. Nichts kann sie dir nehmen
Als meiner Treue Bruch; und leichter möchte
Natur der Erde Wölbung wohl zerdrücken
Und allen innern Lebenskeim vernichten! –
Erheb den Blick; – streich, Vater, mich als Erbe
Des Reiches aus, bleibt mir doch meine Liebe!
C a m i l l o. Nehmt Rat an.
F l o r i z e l. Ich tu's, von meinem Herzen; wenn Vernunft
Sich ihm gehorsam fügt, hab ich Vernunft;
Wo nicht, heißt mein Gemüt Wahnsinn willkommen
Als bessern Freund.
C a m i l l o. Das ist Verzweiflung, Prinz.
F l o r i z e l. So nennt es, aber meinen Schwur erfüllt es,
Und so muß mir es Tugend sein. Camillo,
Für Böhmen nicht noch jenen Pomp, den etwa
Ich hier verliere, für alles, was die Sonne
Erblickt, die Erd' umwölbt, die See verbirgt
In dunkeln Tiefen, brech ich meinen Eid
Ihr, der Geliebten: darum bitt ich dich,
Wie du stets meines Vaters Freund gewesen,
Wenn er mich nun entbehrt, wie ich ihn nie mehr
Zu sehn gedenke, sänft'ge seinen Zorn
Durch gutes Wort; ich und mein Glück, wir ringen
Nun künftig miteinander. Dies nur wisse,
Und sag es ihm – ich sei zur See gegangen,
Mit ihr, die ich im Lande nicht kann schützen;
Und, höchst erwünscht für unsre Not, hab ich
Ein Schiff hier nahe, wenngleich nicht gerüstet
Für diesen Zweck. Wohin mein Lauf sich wendet,
Frommt deiner Kenntnis nicht, noch paßt es mir,
Es dir zu sagen.
C a m i l l o. Prinz, ich wünschte, daß
Sich Euer Geist dem guten Rat mehr fügte,
Wenn ihn nicht Not bezwingen soll.
F l o r i z e l. Horch, Perdita. –
Ich hör Euch gleich.
C a m i l l o. Er ist ganz unbeweglich
Zur Flucht entschlossen. Glücklich wär' ich jetzt,
Könnt' ich sein Weggehn mir zum Vorteil kehren,
Vor Leid ihn schützen, Lieb' und Dienst ihm weihn,

Siziliens teuren Anblick so erkaufen
Und meines Herrn, des unglücksel'gen Königs,
Wonach ich lange schmachte.

Florizel. Nun, Camillo,
Von ungewohnten Sorgen so belastet,
Verletzt' ich den Anstand.

Camillo. Mein Prinz, ich glaube,
Ihr wißt, wie ganz mein armer Dienst in Liebe
Sich Eurem Vater weihte.

Florizel. Ja, höchst edel
Hast du ihm stets gedient; ihm ist's Musik,
Dein Tun zu preisen, nicht sein kleinstes Sorgen,
Es so zu lohnen, wie er des gedenkt.

Camillo. Wohl, Prinz!
Glaubt Ihr im Ernst, daß ich den König liebe,
Und, seinethalb, was ihm am nächsten steht,
Eu'r teures Selbst; so laßt durch mich Euch leiten,
Wenn Eu'r gewicht'ger, überlegter Plan
Verändrung dulden mag: bei meiner Ehre,
Ich führ Euch hin, wo man Euch so empfängt,
Wie Eurer Hoheit ziemt; Ihr der Geliebten
Euch mögt erfreun (von der, das seh ich wohl,
Euch nichts mehr trennt als eins, und das verhüte
Der Himmel! euer Tod), Euch ihr vermählen,
Und seid Ihr fort, such ich mit aller Müh'
Den mißvergnügten Vater zu besänft'gen
Und zur Versöhnung ihn zu stimmen.

Florizel. Wie!
Dies, fast ein Wunder, sollte möglich sein?
Dann nenn ich mehr dich als ein menschlich Wesen
Und will dir so vertraun.

Camillo. Habt Ihr bestimmt,
Nach welchem Land Ihr schiffen wollt?

Florizel. Noch nicht;
Denn wie unvorgesehner Zufall schuld
An dem ist, was wir rasch beginnen; so
Ergeben wir als Sklaven uns dem Wechsel
Und folgen jedem Windeshauch.

Camillo. So hört mich:
Ich rat Euch – wollt Ihr Euren Plan nicht ändern
Und Euch der Flucht vertraun; – geht nach Sizilien,
Und stellt Euch dort, mit Eurer schönen Fürstin

(Das wird sie, wie ich seh), Leontes vor;
Man wird sie wohl empfangen[34], wie sich's ziemt
Für Eu'r Ehgemahl. Ich sehe schon
Leontes, wie er weit die Arme öffnet
Und Willkomm Euch entgegenweint: Vergebung
Von Euch, dem Sohn, erfleht, als wär's der Vater:
Die Hände küßt der jugendlichen Fürstin;
Jetzt denkt er seiner Härte, jetzt der Liebe;
Verwünscht den Haß zur Höll' und wünscht, daß Liebe
Noch schneller wachs' als Stunden und Gedanken.

Florizel. Mein würdigster Camillo,
Welch einen Anstrich geb ich dem Besuch?

Camillo. Daß Euch der König, Euer Vater, sendet,
Um ihn zu grüßen, ihn zu trösten. Prinz,
Die Art, wie Ihr vor ihm Euch zeigen müßt,
Was Ihr von Eurem Vater ihm sollt melden,
Was nur uns Drei'n bekannt, schreib ich Euch auf.
Dies zeigt Euch an, was Ihr zu sagen habt
In jeglichem Gespräch; so muß er denken,
Ihr bringt des Vaters eigne Seele mit,
Und sprecht sein ganzes Herz.

Florizel. Ich dank Euch innig:
In diesem Plan ist Leben.

Camillo. Mehr verheißt Euch dies,
Als gebt Ihr Euch in blinder Unterwerfung
Pfadlosen Fluten, ungeträumten Küsten,
Gewissem Elend hülf- und ratlos hin:
Ein Leid besiegt, droht Euch das zweite schon:
Nichts Euch so treu, als Euer Anker, der,
Tut er den besten Dienst, dort fest Euch hält,
Wo wider Willen Ihr verweilt. Auch wißt Ihr,
Glück ist allein das wahre Band der Liebe;
Mit ihrem frischen Rot verwandelt auch
Ihr Herz die Trübsal.

Perdita. Eines nur ist wahr;
Trübsal, denk ich, besiegt die Wange wohl,
Doch dringt sie nicht ins Herz.

Camillo. So, glaubt Ihr das?
Es wird wohl deines Vaters Haus nicht wieder
In sieben Jahren solch ein Kind geboren.

34. *She shall be habited* (Sie soll gekleidet sein).

Florizel. Sie ist in ihrem Adel mehr voraus,
Als sie zurück in unserm Stammbaum steht.
Camillo. Bedauern kann ich nicht, daß Unterricht
Ihr mangelt; denn sie meistert jeden Lehrer.
Perdita. Zuviel, mein Herr; Erröten ist mein Dank.
Florizel. Du süße Perdita! –
Doch, oh, wir stehn auf Dornen hier! Camillo, –
Du Retter meines Vaters, jetzt der meine;
Du unsres Hauses Arzt! – was solln wir tun?
Wie Böhmens Sohn sind wir nicht ausgestattet;
Noch werden wir dort so erscheinen.
Camillo. Prinz,
Das fürchtet nicht: Ihr wißt, mein ganz Vermögen
Liegt dort; und meine Sorge sei's, so fürstlich
Euch auszustatten, als wenn Ihr für mich
Auf meiner Bühne spieltet. Und zum Beispiel,
Damit Ihr seht, daß nichts Euch mangelt – Hört.
(Sie sprechen heimlich miteinander.)
(Autolycus tritt auf.)

Autolycus. Ha, ha! was für ein Narr ist doch Ehrlichkeit! und Redlichkeit, ihr geschworner Bruder, ist ein recht einfältiger Herr! Ich habe all meinen Plunder verkauft; kein unechter Stein, kein Band, Spiegel, Bisamkugel, Spange, Taschenbuch, Ballade, Messer, Zwirnstrahn, Handschuh, Schuhriemen, Armband, Hornring mehr ist mir geblieben[35]: sie drängten sich danach, wer zuerst kaufen sollte; als wenn alle meine Lumpereien geweiht wären und dem Käufer einen Segen brächten: durch dies Mittel sah ich nun, wessen Börse das beste Ansehn hatte; und was ich sah, das merkte ich mir zu beliebigem[36] Gebrauch. Mein junger Narr, dem nur etwas fehlt, um ein vernünftiger Mensch zu sein, war so in die Dirnenlieder verliebt, daß er nicht wanken und weichen wollte, bis er Text und Weise hatte; und dies zog die ganze andre Herde so zu mir, daß alle ihre übrigen Sinne in den Ohren steckten;[37] ich hätte einen Schlüssel abfeilen können, den sie an

35. Es fehlt: *to keep my pack from fasting* (um mein Bündel vom Fasten zu bewahren).
36. *good* (gut).
37. Es fehlt: *you might have pinched a placket, it was senseless; 'twas nothing to geld a codpiece of a purse* (es wäre nicht bemerkt worden, wenn man [die Mädchen unter ihrem Rock] gezwickt hätte; es wäre eine Kleinigkeit gewesen, die Schnur am Beutel durchzuschneiden).

einer Kette trugen: kein Gehör, kein Gefühl als für die Lieder meines Burschen und die Bewunderung ihres Nichts. So daß ich, während dieser Betäubung, die meisten ihrer festlichen Börsen abschnitt und erschnappte; und wäre nicht der Alte dazu gekommen, mit einem Hallo über seine Tochter und den Sohn des Königs, womit er meine Krähen von dem Kaff scheuchte, so hätte ich in der ganzen Armee nicht eine Börse am Leben gelassen.

Camillo. Nein, meine Brief' auf diesem Weg zugleich
Mit Euch dort, werden jeden Zweifel lösen.

Florizel. Die Ihr mir von Leontes wollt verschaffen –

Camillo. Beruh'gen Euren Vater.

Florizel. Seid gesegnet!
Was Ihr nur sagt, beglückt.

Camillo. Wer ist das hier?
Wir wolln zum Werkzeug ihn gebrauchen; nichts
Bleib' unbenutzt, was uns nur helfen kann.

Autolycus *(beiseit)*. Wenn die mich behorcht haben – dann – hängen.

Camillo. Heda, guter Freund! Warum zitterst du so? Fürchte dich nicht, hier tut man dir nichts zu Leide.

Autolycus. Ach Herr, ich bin ein armer Kerl.

Camillo. Nun, das magst du bleiben; hier ist niemand, der dir das nehmen wird; doch, was die Außenseite deiner Armut betrifft, da müssen wir einen Tausch treffen: darum entkleide dich sogleich, du mußt wissen, daß es dringend ist, und wechsle die Gewänder mit diesem Herrn; obwohl der Verlust auf seiner Seite bedeutend genug ist, so sollst du doch außerdem noch dies zum Ersatz erhalten.

Autolycus. Ach Herr, ich bin ein armer Kerl. – *(Für sich.)* Ich kenne Euch recht gut.

Camillo. Nun, mach fort; der Herr ist schon halb abgestreift.

Autolycus. Ist es Euer Ernst, Herr? *(Für sich.)* Ich wittre die Geschichte.

Florizel. Mach fort, ich bitte dich.

Autolycus. Freilich hab ich schon Geld darauf bekommen; aber ich kann es doch mit gutem Gewissen nicht nehmen.

Camillo. Knöpf los, knöpf los. –
(Florizel und Autolycus wechseln die Kleider.)
Beglückte Herrin – möge dieses Wort

Sich Euch erfüllen! – Zieht Euch nun zurück
In jenes Dickicht; nehmt des Liebsten Hut
Und drückt ihn in die Stirn: verhüllt das Antlitz;
Verkleidet Euch: verstellt, so viel Ihr könnt,
Das, was Ihr wirklich seid; daß Ihr gelangt
(Denn Späher fürcht ich überall) an Bord,
Und unentdeckt.

Perdita. Ich seh, das Spiel ist so,
Daß ich die Rolle nehmen muß.

Camillo. Da hilft nichts. –
Nun, seid Ihr fertig?

Florizel. Säh mich jetzt mein Vater,
Er nennte mich nicht Sohn.

Camillo. Nein, diesen Hut
Bekommt Ihr nicht. – Kommt, Fräulein. –
Du lebe wohl!

Autolycus. Lebt wohl! Herr.

Florizel. O Perdita, was haben wir vergessen!
Komm, nur ein Wort.

(Sie reden heimlich.)

Camillo *(beiseit).*
Mein erst Geschäft ist nun, dem König sagen,
Daß sie entflohn, wohin sie sich gewendet;
Wodurch, das hoff ich, er bewogen wird,
Schnell nachzueilen; mit ihm werd ich dann
Sizilien wiedersehn, nach dessen Anblick
Ich krankhaft schmachte.[38]

Florizel. Glück sei unser Führer. –
So gehn wir denn, Camillo, nach dem Strand.

Camillo. Je schneller, um so besser.

(Florizel, Perdita, Camillo gehn ab.)

Autolycus. Ich verstehe den Handel, ich höre jedes Wort: ein offnes Ohr, ein scharfes Auge und eine schnelle Hand sind einem Beutelschneider unentbehrlich; eine gute Nase gehört auch dazu, Arbeit für die andern Sinne auszuwittern. Ich sehe, dies ist eine Zeit, in der der Ungerechte gedeiht. Welch ein Tausch wäre dies gewesen, auch ohne Überschuß? und welch ein Überschuß ist noch bei diesem Tausch? Wahrhaftig, in diesem Jahre sehn uns die Götter durch die Finger, und wir können alles ex tempore

38. *I have a woman's longing* (Ich mich wie eine Frau sehne).

tun. Der Prinz selbst ist auf Schelmereien aus und stiehlt sich von seinem Vater weg mit dem Klotz am Bein; dächt' ich – es wäre ein ehrliches Stückchen, dem König was davon zu sagen – so wollte ich – es nicht tun: – ich halte es für die größere Schurkerei, es zu verschweigen, und bleibe meinem Beruf getreu. *(Der alte und der junge Schäfer kommen.)* Beiseit, beiseit; – hier ist noch mehr Stoff für ein feuriges Gehirn. Jede Gassenecke, jeder Laden, Kirche, Sitzung, Hinrichtung gibt einem aufmerksamen Mann was zu tun.

Der junge Schäfer. Seht, seht; was Ihr für ein Mann seid! es ist kein ander Mittel, als dem Könige zu sagen, daß sie ein Wechselkind und nicht Euer Fleisch und Blut ist.

Der alte Schäfer. Nein, aber höre mich.

Der junge Schäfer. Nein, hört Ihr mich.

Der alte Schäfer. Nun, so sprich.

Der junge Schäfer. Da sie nicht Euer Fleisch und Blut ist, hat Euer Fleisch und Blut den König nicht beleidigt; und so kann er Euer Fleisch und Blut nicht strafen. Zeigt die Sachen, die Ihr mit ihr gefunden habt, die geheimnisvollen Sachen alle, außer denen, die sie bei sich hat: wenn Ihr das tut, dann mag sich das Gesetz nur das Maul wischen, dafür steh ich Euch.

Der alte Schäfer. Ich will dem König alles sagen, jedes Wort, ja, und seines Sohnes Schelmerei auch, der, das kann ich wohl sagen, kein ehrlicher Mann ist, weder gegen seinen Vater noch gegen mich, daß er so darauf aus war, mich zu des Königs Schwager zu machen.

Der junge Schäfer. Jawohl, Schwager war das Wenigste, was Ihr von ihm werden konntet; und dann wäre Euer Blut kostbarer geworden, ich weiß nicht, um wieviel jede Unze.

Autolycus *(beiseit)*. Sehr verständig, ihr Maulaffen!

Der alte Schäfer. Gut, komm zum König; wegen dessen, was in diesem Bündel ist, wird er sich hinter den Ohren kratzen.

Autolycus. Ich weiß nicht, wie diese Klage die Flucht meines Herrn hindern könnte.

Der junge Schäfer. Gebe der Himmel, daß er im Schloß ist.

Autolycus. Bin ich auch von Natur nicht ehrlich, so

bin ich's doch zuweilen durch Zufall: – ich will meinen Hausiererbart in die Tasche stecken. – *(Er nimmt sich seinen falschen Bart ab.)* Heda, Bauersleute! wohinaus?

Der alte Schäfer. Nach dem Palast, mit Eurer Gnaden Erlaubnis.

Autolycus. Euer Geschäft dort? was? mit wem? die Beschaffenheit dieses Bündels? Euer Wohnort? Euer Name? Euer Alter? Vermögen? Familie? Alles, was zur Sache gehört, gebt es an.

Der junge Schäfer. Wir sind nur schlichte Leute, Herr.

Autolycus. Gelogen; Ihr seid rauh und behaart: laßt mich keine Lüge hören; die schickt sich nur für Handelsleute, und sie werfen uns Soldaten oft Lügen vor: aber wir bezahlen sie ihnen mit geschlagener Münze, nicht mit schlagendem Eisen; darum schenken sie uns die Lügen nicht.

Der junge Schäfer. Euer Gnaden hätten uns bald eine Lüge vorgeworfen, hättet Ihr Euch nicht auf frischer Tat ertappt.

Der alte Schäfer. Seid Ihr vom Hofe, Herr, wenn es erlaubt ist?

Autolycus. Es mag erlaubt sein oder nicht, so bin ich vom Hofe. Siehst du nicht die Hofmanier in dieser Umhüllung? hat mein Gang nicht den Hoftakt? strömt nicht von mir Hofgeruch in deine Nase? bestrahle ich nicht deine Niedrigkeit mit Hofverachtung? Denkst du, weil ich mich in dein Anliegen hineinvertiefe und es aus dir herauswinden möchte, ich sei deshalb nicht vom Hofe? Ich bin ein Hofmann von Kopf zu Fuß; und einer, der dein Geschäft entweder vorwärtsbringen oder hintertreiben wird: deshalb befehle ich dir, mir dein Anliegen zu eröffnen.

Der alte Schäfer. Mein Geschäft geht an den König, Herr.

Autolycus. Was für einen Advokaten hast du dazu?

Der alte Schäfer. Ich weiß nicht, mit Verlaub.

Der junge Schäfer. Advokat ist der Hofausdruck für Fasan; sagt, daß Ihr keinen habt.

Der alte Schäfer. Ich habe keinen Fasan, weder Hahn noch Henne.

Autolycus. Wie glücklich wir, die nicht so simpel sind!

Doch konnte mich Natur wie diese schaffen,
Drum will ich nicht verachten.

Der junge Schäfer. Das muß gewiß ein großer Hofmann sein.

Der alte Schäfer. Seine Kleider sind reich, aber er trägt sie nicht hübsch.

Der junge Schäfer. Je seltsamer, desto vornehmer; ein großer Mann, das versichre ich Euch; man sieht es an seinem Zähnestochern.

Autolycus. Das Bündel da, was ist in dem Bündel? Was soll die Büchse?

Der alte Schäfer. Herr, in diesem Bündel und dieser Büchse liegen solche Geheimnisse, die nur der König wissen darf: und die er auch noch diese Stunde wissen soll, wenn ich bei ihm vorgelassen werde.

Autolycus. Alter Mensch, du hast deine Mühe verloren.

Der alte Schäfer. Warum, Herr?

Autolycus. Der König ist nicht im Palast; er ist an Bord eines neuen Schiffes gegangen, um die Melancholie auszutreiben und sich zu zerstreuen; denn, wenn in dir Fassungskraft für ernste Dinge ist, so wisse, der König ist voll Kummer.

Der alte Schäfer. So sagt man, Herr; wegen seines Sohnes, der eines Schäfers Tochter heiraten wollte.

Autolycus. Wenn der Schäfer nicht schon in Haft ist, so möge er fliehn; die Flüche, die über ihn ausgesprochen werden sollen, die Martern, die er dulden soll, brächen wohl die Kraft eines Mannes und das Herz eines Ungeheuers.

Der junge Schäfer. Glaubt Ihr das, Herr?

Autolycus. Nicht er allein soll alles ertragen, was der Scharfsinn Schweres, die Rache Bitteres ersinnen kann; sondern auch alle, die mit ihm verwandt sind, wenn auch nur im funfzigsten Grade, fallen dem Henker anheim: obwohl dies sehr betrübt ist, so ist es doch notwendig. Ein alter schafziehender Spitzbube, ein Hammelpfleger, der setzt sich's in den Kopf, daß seine Tochter majestätisch werden soll! Einige sagen, er soll gesteinigt werden; aber der Tod wäre zu gelinde für ihn, sage ich: unsern Thron in eine Schafshütte zu ziehn! alle Todesarten zusammen sind zu wenig, die schwerste zu leicht.

Der junge Schäfer. Hat der alte Mann etwa einen

Sohn? habt Ihr nichts davon gehört, wenn man fragen darf?

Autolycus. Er hat einen Sohn; dieser soll lebendig geschunden, dann mit Honig bestrichen und über ein Wespennest gestellt werden; dort bleiben, bis er drei Viertel und ein Achtel tot ist: dann mit Aquavit oder einer andern hitzigen Einflößung wieder zum Leben gebracht werden: dann, so roh wie er ist, und an dem heißesten Tage, den der Kalender prophezeit, gegen eine Ziegelmauer gestellt werden, woselbst ihn die Sonne mit südlichem Auge anschaut, und er sie wieder anstarren muß, bis er von Fliegen totgestochen ist.[39] Aber was sprechen wir von diesen verräterischen Spitzbuben, deren Elend man nur belachen kann, da ihr Verbrechen so ungeheuer ist? Sagt mir, denn ihr scheint ehrliche, einfache Leute, was ihr bei dem König anzubringen habt; da ich gewissermaßen in einem freundlichen Verhältnis mit ihm bin[40], will ich euch zu ihm an Bord bringen, eure Personen seiner huldreichen Gegenwart vorstellen, ihm zu eurem Besten ins Ohr flüstern; und wenn außer dem König jemand imstande ist, euer Begehr durchzusetzen, so steht hier ein Mann, der es vermag.

Der junge Schäfer. Er scheint von außerordentlichem Einfluß zu sein; macht Euch an ihn, gebt ihm Gold; und ist auch die Größe ein störriger Bär, so wird sie doch oft durch Gold bei der Nase herumgeführt; zeigt das Inwendige Eures Beutels dem Auswendigen seiner Hand, und damit gut: denkt nur, gesteinigt und lebendig geschunden.

Der alte Schäfer. Wenn Ihr die Gnade haben wollt, unsre Sache zu übernehmen, so ist hier alles Gold, das ich bei mir habe; ich will nochmal soviel holen und diesen jungen Mann hier zum Pfande lassen, bis ich es Euch bringe.

Autolycus. Wenn ich getan habe, was ich versprach?

Der alte Schäfer. Ja, Herr.

Autolycus. Gut, so gib mir die Hälfte; – bist du auch in dieser Sache beteiligt?

39. *where he is to behold him with flies blown to death* (wo man ihn sehen kann, wie ihn die Fliegen totstechen).

40. *being something gently considered* (wenn man sich einigermaßen freundlich mir gegenüber erweist).

D e r j u n g e S c h ä f e r. Gewissermaßen, Herr; sollte es mir auch an die Haut gehn, so hoffe ich doch, man wird mich nicht aus ihr herausschinden.

A u t o l y c u s. O nein, das ist nur der Fall bei des Schäfers Sohn; – an den Galgen mit ihm, an ihm muß man ein Exempel statuieren.

D e r j u n g e S c h ä f e r. Ein schöner Trost! Wir müssen zum König und ihm unsre wunderlichen Geschichten zeigen; er muß erfahren, daß sie weder Eure Tochter noch meine Schwester ist; sonst ist es aus mit uns. Herr, ich will Euch ebenso viel geben, wie dieser alte Mann, wenn die Sache durchgeführt ist, und, wie er sagt, als Pfand bei Euch bleiben, bis er es bringt.

A u t o l y c u s. Ich will euch trauen. Geht voraus nach dem Ufer, geht da nur rechts hin; ich will nur einmal über die Hecke sehen und euch gleich nachkommen.

D e r j u n g e S c h ä f e r. Dieser Mann ist uns ein Segen, das muß man sagen, ein wahrer Segen.

D e r a l t e S c h ä f e r. Laß uns vorausgehn, wie er uns befahl; er ist recht dazu bestellt, uns Gutes zu tun.

(Die beiden Schäfer gehen ab.)

A u t o l y c u s. Wenn ich auch Lust hätte, ehrlich zu sein, so seh ich doch, das Schicksal will es nicht; es läßt mir die Beute in den Mund fallen. Ein doppelter Vorteil bewirbt sich jetzt um mich: Gold, und ein Mittel, dem Prinzen, meinem Herrn, Liebes zu tun; wer weiß, wie mir das noch einmal zugute kommt? Ich will diese beiden blinden Maulwürfe an Bord bringen zu ihm; wenn er's für gut hält, sie wieder ans Ufer zu setzen, und betrifft die Klage, die sie dem König anbringen wollen, ihn nicht, so mag er mich für meine zu große Dienstfertigkeit einen Schelm nennen; denn gegen diesen Titel und die Schande, die dazu gehört, bin ich gestählt. Ich will sie ihm vorstellen, es kann doch zu etwas führen.

(Er geht ab.)

FÜNFTER AUFZUG

ERSTE SZENE

Sizilien, Palast.

(Es treten auf Leontes, Cleomenes, Dion, Paulina und andre.)

Cleomenes. Mein Fürst, Ihr habt genug getan, gebüßt
Gleich einem Heil'gen; was Ihr immer fehltet,
Habt Ihr dadurch gesühnt; ja, Ihr bezahltet
Mehr Reu', als Sünde Ihr begingt. Zum Schluß
Tut wie der Himmel tat, vergeßt Geschehnes;
Verzeiht es Euch wie er.

Leontes. Solang ich ihrer
Gedenk und ihrer Tugend, kann ich nimmer
Der eignen Schmach vergessen; stets ja quält mich
Das Unrecht, das ich selbst mir tat, so groß,
Daß es mein Reich der Erben hat beraubt;
Zerstört die holdste Frau, die einem Mann
Je süße Hoffnung gab.

Paulina. Wahr, allzu wahr, mein Fürst.
Wenn, Weib auf Weib, die ganze Welt Ihr freitet,
Wenn Ihr von jeder etwas Gutes nähmet
Und schüf't das beste Weib; die Ihr erschlugt,
Wär' dennoch unerreicht.

Leontes. Jawohl! erschlagen:
Die ich erschlug –. Ich tat's, doch du verwundest
Mich tödlich, da du's sagst; gleich bitter ist's,
Wenn du es sprichst, als wenn ich's denke – Liebe,
Sprich so nur selten.

Cleomenes. Niemals, werte Frau.
Ihr könntet tausend Dinge sprechen, welche
Der Zeit mehr ziemten und Euch freundlicher
Uns zeigen möchten.

Paulina. Ihr seid einer derer,
Die neu vermählt ihn wünschen.

Dion. Wünscht Ihr's nicht,
So liebt Ihr nicht das Land, nicht seines Namens
Erlauchte Fortpflanzung; erwägt nur wenig,
Was für Gefahr, da kinderlos der Herr,
Dem Reiche droht, auch die verschlingen kann,

Die dies gleichgültig sehn. Ist es nicht fromm,
Wenn wir die Seligkeit der Kön'gin preisen?
Ist es nicht frömmer noch – um Kronenerben,
Um gegenwärt'gen Trost und künft'ges Heil –,
Das Bett der Majestät aufs neu' zu segnen
Mit einer holden Gattin?

Paulina. Kein' ist's wert,
Denkt Ihr an sie, die starb. Auch will die Gottheit,
Daß ihr geheimer Ratschluß werd' erfüllt.
Denn sprach nicht so der himmlische Apoll,
War das nicht des Orakels heil'ges Wort:
Es soll Leontes keinen Erben haben,
Bis sein verlornes Kind sich fand? Dies ist
Nach unsrer Einsicht ebenso unmöglich,
Als daß Antigonus das Grab durchbräche
Und wieder zu mir käme; der doch wahrlich
Verdarb zusamt dem Kind. Ist's Euer Wille,
Daß unser Herr dem Himmel widerstrebt
Und seinem Ratschluß trotzt? – Sorgt nicht um Herrscher;
Es find't das Reich den Erben. Alexander
Ließ seins dem Würdigsten; so war's vermutlich
Der Beste, der ihm folgte.

Leontes. Oh, Paulina –
Ich weiß, du Gute hältst das Angedenken
Hermionens in Ehren. Hätt' ich immer
Mich deinem Rat gefügt! – dann könnt' ich jetzt
In meiner Kön'gin helles Auge schaun,
Schätz' ihrer Lipp' entnehmen.

Paulina. Die dann reicher
Durch Geben ward.

Leontes. Oh! du sprichst wahr.
So gibt's kein Weib mehr; drum kein Weib; ein schlechtres
Und mehr geliebt, trieb' ihren sel'gen Geist
In ihren Leichnam und auf diese Bühne,
Wo ich, ihr Mörder, steh; und rief' im Schmerz:
Warum geschieht mir das?

Paulina. Wär's ihr vergönnt,
Sie spräche so mit Recht.

Leontes. Gewiß, und würde
Zum Morde mich der zweiten Frau entflammen.

Paulina. Wär' ich der irre Geist, ich käme dann
Und hieß' Euch schaun in jener Aug' und fragte,
Ob Ihr um diesen matten Blick sie wähltet;
Dann kreischt' ich auf, daß Euer Ohr zerrisse,
Und schiede mit dem Wort: *Gedenke mein.*
Leontes. Ha, Sterne, Sterne waren's
Und alle andern Augen tote Kohlen! –
Oh, fürchte du kein Weib,
Ich will kein Weib, Paulina.
Paulina. Wollt Ihr schwören,
Nie, bis ich beigestimmt, Euch zu vermählen?
Leontes. Niemals, bei meiner Seele Heil, Paulina.
Paulina. Ihr, werte Herrn, seid Zeugen seines Schwurs.
Cleomenes. Ihr quält ihn allzusehr.
Paulina. Bis eine andre,
Hermione so ähnlich wie ihr Bild,
Sein Auge schaut.
Cleomenes. Oh, laßt –
(Leontes gibt ihm einen Wink.)
Ich schweige still.
Paulina.
Doch will mein König sich vermählen, wollt Ihr,
Wollt Ihr durchaus, so überlaßt es mir,
Die Gattin ihm zu wählen; nicht so jung
Wie Eure erste soll sie sein, doch so,
Daß, käm' der ersten Kön'gin Geist, er freudig
In Eurem Arm sie sähe.
Leontes. Treue Freundin,
Nur, wenn du's willst, vermählen wir uns.
Paulina. Das
Ist nur, wenn Eure Kön'gin wieder lebt;
Bis dahin nie.
(Ein Edelmann tritt auf.)
Edelmann. Ein Jüngling, der Prinz Florizel sich nennt,
Den Sohn Polyxenes, mit seiner Gattin:
Die schönste Fürstin, die ich je gesehn,
Wünscht Eurer Hoheit sich zu nahn.
Leontes. Wer mit ihm?[41]
Er kommt nicht in des Vaters Glanz, sein Nahn
So ohne Förmlichkeit, so plötzlich, sagt uns,

41. *What with him?* (Was ist mit ihm?).

Nicht vorbedacht sei der Besuch; erzwungen
Durch Not und Zufall nur. Was für Gefolge?

Edelmann. Geringe nur und Wen'ge.

Leontes. Die Gemahlin,
So sagst du, mit ihm?

Edelmann. Ja, das herrlichst' schönste
Geschöpf, das je die Sonne nur beglänzte.

Paulina. O Hermione!
Wie jede Gegenwart sich prahlend höher
Als beßre Vorzeit stellt; so wird dein Grab
Auch jetzt geschmäht vom Neusten. Herr, Ihr selbst,
Ihr spracht, Ihr schriebt (doch nun ist Eure Schrift
Kalt, wie ihr Gegenstand), sie war niemals
Und wird auch nie erreicht; – so trug Eu'r Lied
Ihr Lob in hoher Flut, sehr ward es Ebbe,
Da Ihr jetzt eine schöner preist.

Edelmann. Verzeiht!
Die Ein' ist fast vergessen, zürnt mir nicht;
Doch diese, wenn sie Euer Aug' entzückte,
Stimmt' Eure Zunge auch. Sie ist ein Wesen,
Das, lehrt sie Ketzerei, den Eifer löscht
In jedem Gläub'gen, Proselyt wird jeder,
Wenn sie ihn folgen heißt.

Paulina. Wie? auch die Frauen?

Edelmann. Die Frauen lieben sie, weil Frau sie ist,
Mehr wert als alle Männer; und die Männer,
Weil sie der Frauen schönste.

Leontes. Geh, Cleomenes;
Du selbst mit deinen würd'gen Freunden, führt
In unsre Arme sie.
(Cleomenes mit mehrern andern ab.)
Doch seltsam immer
Der unversehne Gruß.

Paulina. Sah unser Prinz,
Das Kleinod unter Kindern, diesen Tag,
War er mit diesem Herrn ein schönes Paar;
Denn dieser Prinz war kaum vier Wochen älter.

Leontes. Ich bitte dich, nichts mehr, hör auf; du weißt,
Er stirbt mir immer wieder, nennst du ihn;
Erblick ich diesen Prinzen, kann dein Wort
In mir Gedanken wecken, die mich leicht
Berauben könnten der Vernunft. – Sie kommen.

(Es treten auf Cleomenes, Florizel und Perdita mit Gefolge.)

Prinz, Eure Mutter war dem Eh'bund treu;
Denn Eures edeln Vaters Bild empfing sie,
In Euch geprägt; wär' ich jetzt einundzwanzig –
So ähnlich stellt Ihr Euren Vater dar,
Sein ganzes Wesen –, Bruder nennt' ich Euch
Wie ihn; erzählt' Euch einen Schwank, den beide
Wir ausgeführt. Seid herzlich mir willkommen!
Und Eure schöne Fürstin! – Göttin! – Ach!
Ein Paar verlor ich; zwischen Erd' und Himmel
Ständ' es wohl so jetzt da, Bewundrung zeugend,
Wie Ihr, holdsel'ges Paar! und dann verlor ich
Durch eigne Torheit alles, die Gesellschaft,
Ja, Freundschaft Eures biedern Vaters; den,
Bin ich auch gramgebeugt, ich gern im Leben
Noch einmal wiedersäh'!

F l o r i z e l. In seinem Auftrag
Erschein ich in Sizilien, und von ihm
Bring ich Euch Grüße, wie ein Freund, ein König,
Dem Bruder senden mag; und wenn nicht Schwäche,
Begleiterin des Alters, ihm vermindert
Die rasche Kraft, so hätt' er selbst durchmessen
Die Meer' und Länder zwischen Euren Reichen,
Euch anzuschauen, den er inn'ger liebt
Als alle Fürsten – so hieß er mich sagen –,
Die lebend jetzt regieren.

L e o n t e s. Oh, mein Bruder,
Du Trefflicher! das Leid, das ich dir tat,
Quält mich von neuem jetzt, und diese Sendung,
So ausgezeichnet freundlich, klagt so herber
Mein träges Säumen an. – O seid willkommen,
So wie der Lenz der Flur. Und hat er auch
Dies Wunder ausgesetzt dem grausen oder
Doch rohen Treiben des furchtbaren Meers,
Den Mann zu grüßen, ihrer Müh' nicht wert,
Viel wen'ger seinethalb ihr Leben wagend.

F l o r i z e l. Mein gnäd'ger Fürst, sie kommt von Libyen.

L e o n t e s. Wo Held Smalus gefürchtet und geliebt ist?

F l o r i z e l.
Erlauchter Herr, von dort; von ihm, des Tränen
Im Scheiden sie als Tochter anerkannten:

Von da bracht' uns ein günst'ger Südwind her,
Um meines Vaters Auftrag zu erfüllen,
Euch zu besuchen: meine ersten Diener
Hab ich gleich von Sizilien fort geschickt,
Nach Böhmen hin, um dort bekanntzumachen
Der Reise glücklichen Erfolg in Libyen,
Und mein und meiner Gattin sichre Landung
Hier, wo wir sind.

L e o n t e s. Die gnäd'gen Götter rein'gen
Von ungesunden Dünsten unsre Luft,
Solang' Ihr weilt! Oh, Euer frommer Vater,
Der gnadenvolle Fürst, an dessen Haupt,
Dem heiligen, ich so gefrevelt habe:
Weshalb der Himmel, zornentbrannt, der Kinder
Mich hat beraubt; Eu'r Vater ist gesegnet,
Wie von dem Himmel er's verdient, durch Euch,
Wert seines edlen Sinns. Was wär' ich selbst,
Könnt' ich auch jetzt auf Sohn und Tochter schaun:
Solch wackres Paar wie Ihr?

(Ein Hofherr tritt auf.)

H o f h e r r. Mein gnäd'ger König,
Unglaublich wird Euch scheinen, was ich melde,
Doch gleich bestätigt sich's. Mein hoher Herr,
Persönlich grüßt Euch Böhmen selbst durch mich:
Will, daß Ihr fest nehmt seinen Sohn, der kürzlich,
Den hohen Rang, die Pflichten all vergessend,
Von seinem Vater floh und seinem Erbteil,
Mit eines Schäfers Tochter.

L e o n t e s. Böhmen! – sprich, wo ist er?

H o f h e r r. Hier in der Stadt; ich kam von ihm soeben.
Verwildert[42] red ich; wie das Wunderbare
Mich zwingt und meine Botschaft. Als er zum Hof
Hieher geeilt, verfolgend, wie ich glaube,
Dies schöne Paar, erblickt' er auf dem Wege
Den Vater dieser vorgegebnen Fürstin
Und ihren Bruder, die ihr Land verließen
Mit diesem Prinzen.

F l o r i z e l. Mich verriet Camillo,
Des Redlichkeit und Ehre jedem Wetter
Bis jetzt getrotzt.

42. *amazedly* (überrascht, verwirrt – verwildert: alte Form in dieser Bedeutung).

Hofherr. Macht ihm den Vorwurf selbst;
Denn er ist mit dem König.
Leontes. Wer? Camillo?
Hofherr. Camillo, Herr, ich sprach ihn; er verhört
Die Armen. Niemals sah ich noch Elende
So zittern; wie sie knien, den Boden küssen,
Verschwören Leib und Seel' in jedem Wort.
Böhmen verstopft sein Ohr und droht mit Tod
Und tausend Martern.
Perdita. Oh, mein armer Vater!
Der Himmel schickt uns Späher nach; er will nicht
Erfüllung unsres Bunds.
Leontes. Seid Ihr vermählt?
Florizel.
Wir sind's nicht, Herr, und werden's nun wohl nimmer!
Eh' werden Sterne noch die Täler küssen.[43]
Leontes. Ist dies die Tochter eines Königs, Prinz?
Florizel. Sie ist es, ist sie einst mit mir vermählt.
Leontes. Dies Einst wird wohl durch Eures Vaters Eile
Sehr langsam nahn. Beklagen muß ich höchlich,
Daß Ihr Euch seiner Liebe habt entfremdet,
Die heil'ge Pflicht Euch war: beklagen muß ich,
Daß die Gewählte Rang nicht hat wie Schönheit,
Mit Recht Euch zu verbleiben.
Florizel. Mut, Geliebte!
Obgleich das Schicksal sichtbar uns verfolgt
Durch meinen Vater, kann's doch unsre Liebe
Nicht um ein Haarbreit schwächen. – Herr, ich bitt Euch,
Gedenkt der Zeit, da Ihr nicht mehr als ich
Dem Alter schuldig wart: mit dem Gefühl
Seid mein Vertreter jetzt; denn, wenn Ihr bittet,
Gewährt mein Vater Großes leicht wie Tand.
Leontes. Eu'r schönes Liebchen müßt' er dann mir geben,
Die er für Tand nur achtet.
Paulina. Herr, mein Fürst,
Eu'r Aug' hat zu viel Jugend; einen Monat
Vor Eurer Kön'gin Tod war solcher Blicke
Sie würdiger, als was Ihr jetzt betrachtet.
Leontes. Nur ihrer dachte mein entzücktes Auge. –

43. Es folgt: *The odds for high and low's alike* (Hoch und niedrig sind gleichweit entfernt – im Sinne von: können nicht zueinander kommen).

Doch unerwidert ist noch Eure Bitte:
Zu Eurem Vater eil ich; hat Begier
Gekränkt nicht Eure Ehre, bin ich Euer,
Und Eurer Wünsche Freund: zu dem Geschäft
Geh ich ihm jetzt entgegen; folgt mir nun,
Und seht, wie mir's gelingt. Kommt, edler Prinz.

(Alle ab.)

ZWEITE SZENE

Vor dem Palast.

(Autolycus und ein Edelmann treten auf.)

Autolycus. Ich bitte Euch, Herr, waret Ihr gegenwärtig bei dieser Erzählung?

Erster Edelmann. Ich war bei dem Öffnen des Bündels und hörte den Bericht des alten Schäfers, wie er ihn fand. Darauf, nach einem kurzen Staunen, hieß man uns alle das Zimmer verlassen; nur das, dünkt mich, hörte ich den Schäfer noch sagen, er habe das Kind gefunden.

Autolycus. Ich möchte gern den Ausgang wissen.

Erster Edelmann. Ich mache nur einen unvollständigen Bericht von der Sache; – aber die Verwandlung, die ich an dem König und Camillo bemerkte, war Zeichen einer großen Verwundrung; sie schienen fast, so starrten sie einander an, ihre Augenlider zu zersprengen; es war Sprache in ihrem Verstummen und Rede selbst in ihrer Gebärde; sie sahen aus, als wenn sie von einer neu entstandenen oder untergegangenen Welt gehört hätten: solche Verzückung des Staunens war an ihnen sichtbar; doch die klügsten Zuschauer, die nichts wußten, als was sie sahen, konnten nicht sagen, ob der Anlaß Freude oder Schmerz war: aber der höchste Grad des einen oder des andern mußte es sein.

(Ein zweiter Edelmann tritt auf.)

Da kommt ein Herr, der vielleicht mehr weiß. Was gibt's, Rogero?

Zweiter Edelmann. Nichts als Freudenfeuer: das Orakel ist erfüllt; des Königs Tochter gefunden. Soviel wunderbare Dinge sind in dieser Stunde zum Vorschein gekommen, daß es nicht Balladenmacher genug gibt, sie zu besingen.

(Ein dritter Edelmann tritt auf.)

Da kommt der Paulina Haushofmeister, der kann Euch mehr erzählen. – Wie steht es nun, Herr? diese Neuigkeit, die man als wirklich bekräftigt, sieht einem alten Märchen so ähnlich, daß ihre Wahrhaftigkeit sehr verdächtig scheint. Hat der König seine Erbin gefunden?

Dritter Edelmann. Ganz gewiß, wenn die Wahrheit je durch Umstände bewiesen ward: Ihr möchtet schwören, das zu sehen, was Ihr hört, solch eine Übereinstimmung ist in den Beweisen. Der Mantel der Königin Hermione – ihr Juwel, das sie um den Hals zu tragen pflegte – des Antigonus Briefe, dabei gefunden, in denen sie seine Handschrift erkennen – die Majestät des Mädchens, in der Ähnlichkeit mit der Mutter – der Ausdruck von Adel, welcher zeigt, wie Natur höher steht als Erziehung – und viele andre Zeugnisse bekunden sie, mit der allergrößesten Sicherheit, als des Königs Tochter. Sahet Ihr die Zusammenkunft der beiden Könige?

Zweiter Edelmann. Nein.

Dritter Edelmann. Dann habt Ihr einen Anblick verloren, den man gesehen haben muß, den man nicht beschreiben kann. Da hättet Ihr sehen können, wie eine Freude die andre krönte; so, auf solche Weise, daß es schien, der Schmerz weinte, weil er sie verlassen sollte; denn ihre Freude watete in Tränen. Da war ein Augenaufschlagen, ein Händeemporwerfen, und die Angesichter in einer solchen Verzücktheit, daß man sie nur noch an ihren Kleidern und nicht an ihren Zügen erkennen mochte. Unser König, als wenn er aus sich selbst vor Freude über seine gefundene Tochter stürzen wollte, als wäre diese Freude plötzlich ein Unglück geworden, schreit: *Oh, deine Mutter! deine Mutter!* dann bittet er Böhmen um Vergebung; dann umarmt er seinen Eidam, dann wieder zerdrückt er fast seine Tochter mit Umhalsungen; nun dankt er dem alten Schäfer, der dabeisteht wie ein altes verwittertes Brunnenbild von manches Königs Regierung her. Ich hörte noch nie von einer solchen Zusammenkunft, die jede Erzählung, welche ihr folgen möchte, lähmt, und die Beschreibung vernichtet, die sie zeichnen will.

Zweiter Edelmann. Doch, bitte, was ward aus Antigonus, der das Kind von hier fortbrachte?

Dritter Edelmann. Immer wie ein altes Märchen,

das noch vieles vorzutragen hat, wenn auch der Glaube schliefe und kein Ohr es hörte: Er wurde von einem Bären zerrissen: dies bestätigt der Sohn des Schäfers, den nicht nur seine Einfalt, die groß scheint, rechtfertigt, sondern auch ein Schnupftuch und Ringe vom Manne, die Paulina erkennt.

Erster Edelmann. Was wurde aus seinem Schiffe und seinem Gefolge?

Dritter Edelmann. Gescheitert, in demselben Augenblick, da ihr Herr ums Leben kam, und im Angesichte des Schäfers: so daß alle Werkzeuge, welche zur Aussetzung des Kindes beitrugen, gerade da untergingen, als das Kind gerettet ward. Aber, ach, der edle Kampf, den Schmerz und Freude in Paulina kämpften! Ein Auge senkte sich um den Verlust des Gatten, indem das andre sich erhob, weil das Orakel nun erfüllt war; sie hob die Prinzessin von der Erde auf und schloß sie so fest in ihre Umarmung, als wollte sie sie an ihr Herz heften, damit sie nur nicht von neuem verlorengehen möchte.

Erster Edelmann. Die Hoheit dieser Szene verdiente Könige und Fürsten als Zuschauer, denn von solchen ward sie gespielt.

Dritter Edelmann. Einer der rührendsten Züge von allen, und der auch nach meinen Augen angelte (das Wasser bekam er, aber nicht den Fisch), war, wie bei der Erzählung von der Königin Tode, mit der Art, wie sie unterlag (wundervoll erzählt und vom König betrauert[44]), wie da starres Hinhören seine Tochter durchbohrte: bis, von einem Zeichen des Schmerzes zum andern, sie endlich, mit einem *Ach!* möchte ich doch sagen, Tränen blutete; denn, das weiß ich gewiß, mein Herz weinte Blut. Wer am meisten Stein war, veränderte jetzt die Farbe; einige taumelten ohnmächtig, alle waren tief betrübt: hätte die ganze Welt dies anschauen können, der Jammer hätte alle Völker ergriffen.

Erster Edelmann. Sind sie zum Hof zurückgekehrt?

Dritter Edelmann. Nein, da die Prinzessin von der Statue ihrer Mutter hörte, welche in Paulinas Verwahrung ist – ein Werk, woran schon seit vielen Jahren gearbeitet ward und das jetzt kürzlich erst vollendet ist, durch Julio

44. *bravely confessed and lamented by the king* (vom König tapfer bekannt und beklagt).

Romano, den großen italienischen Meister, der, wenn er selbst Ewigkeit hätte und seinen Werken Odem einhauchen könnte, die Natur um ihre Kunden brächte, so vollkommen ist er ihr Nachäffer: er hat die Hermione so der Hermione gleich gemacht, daß, wie man sagt, man mit ihr sprechen und Antwort erwarten möchte: dorthin, mit aller Gier der Liebe, sind sie jetzt gegangen, und dort wollen sie zu Nacht essen.

Erster Edelmann. Ich dachte es wohl, daß sie dort etwas Wichtiges vorhabe, denn seit Hermiones Tode hat sie ganz geheim das entlegene Haus täglich zwei- oder dreimal besucht. Wollen wir hin und durch unsre Gegenwart an der Freude teilnehmen?

Zweiter Edelmann. Wer möchte wegbleiben, der die Wohltat des Zutritts genießen darf? mit jedem Augenwink kann irgendeine neue Freude geboren werden: und unsere Abwesenheit verkümmert uns das Mitwissen. Laßt uns gehn.

(Die drei Edelleute gehn ab.)

Autolycus. Jetzt nun, klebte nicht der Makel meines vorigen Lebens an mir, würde Beförderung auf mich niederregnen. Ich brachte den alten Mann und seinen Sohn auf das Schiff des Prinzen! sagte ihm, daß ich von einem Bündel hörte, und ich weiß nicht, was alles: aber er, eben zu besorgt um die Schäferstochter, dafür hielt er sie noch, welche anfing, sehr seekrank zu werden, und er nur um weniges besser, weil der Sturm dauerte, konnte die Entdeckung des Geheimnisses nicht anhören. Aber das ist alles eins für mich: wäre ich auch der Ausfinder der Sache gewesen, würde es doch nicht meinen übrigen Verunglimpfungen den schlechten Geschmack genommen haben.

(Der alte und der junge Schäfer treten auf.)

Hier kommen die, denen ich Gutes tat gegen meinen Willen, und sie erscheinen schon in den Blüten ihres Glücks.

Der alte Schäfer. Nun, Junge, ich werde keine Kinder mehr bekommen; aber deine Söhne und Töchter werden alle als Edelleute geboren sein.

Der junge Schäfer. Gott grüß' Euch, Herr: Ihr wolltet Euch neulich nicht mit mir schlagen, weil ich kein geborner Edelmann war: seht Ihr diese Kleider? sprecht, daß Ihr sie nicht seht, und haltet mich noch immer für keinen gebornen Edelmann: Ihr dürftet wohl gar sagen, diese Putzsachen wären keine gebornen Edelleute. Straft mich jetzt einmal Lügen, so sollt Ihr erfahren, ob ich ein geborner Edelmann bin.

Autolycus. Herr, ich weiß, daß Ihr jetzt ein geborner Edelmann seid.

Der junge Schäfer. Ja, und das bin ich immer gewesen, seit vier Stunden.

Der alte Schäfer. Ich auch, Junge.

Der junge Schäfer. Ja, Ihr auch: – aber ich war ein Edelmann geboren vor meinem Vater: denn der Sohn des Königs nahm mich bei der Hand und nannte mich Bruder; und dann nannten die beiden Könige meinen Vater Bruder; und dann nannten der Prinz, mein Bruder, und die Prinzeß, meine Schwester, meinen Vater Vater, und da weinten wir: und das waren die ersten Edelmannstränen, die wir vergossen.

Der alte Schäfer. Gott schenke uns langes Leben, Sohn, damit wir noch viele vergießen.

Der junge Schäfer. Ja; sonst wäre es ein wahres Unglück, da wir in so despektablem Zustande sind.

Autolycus. Ich bitte Euch demütig, Herr, mir alles zu verzeihen, was ich gegen Euer Gnaden gefehlt habe, und ein gutes Wort für mich bei dem Prinzen, meinem Herrn, einzulegen.

Der alte Schäfer. Ich bitte dich, Sohn, tue das, denn wir müssen edel sein, da wir nun Edelleute sind.

Der junge Schäfer. Willst du deinen Lebenswandel bessern?

Autolycus. Ja, wenn Euer Gnaden erlauben.

Der junge Schäfer. Gib mir die Hand: ich will dem Prinzen schwören, daß du ein ehrlicher und aufrichtiger Mensch bist wie nur einer in Böhmen.

Der alte Schäfer. Sagen kannst du das, aber nicht schwören.

Der junge Schäfer. Nicht schwören, da ich nun ein Edelmann bin? Bauern und Bürger mögen's sagen, ich will es beschwören.

Der alte Schäfer. Wenn's aber falsch wäre, Sohn?

Der junge Schäfer. Wenn es noch so falsch ist, ein echter Edelmann kann es beschwören, zum Besten seines Freundes: – und ich will dem Prinzen schwören, daß du dich wie ein herzhafter Kerl betragen und dich nicht betrinken wirst; obwohl ich weiß, daß du dich nicht wie ein herzhafter Kerl betragen und dich wohl betrinken wirst; aber ich will es doch beschwören – und ich wollte, du möchtest dich wie ein herzhafter Kerl betragen.

Autolycus. Ich will es werden, Herr, aus allen Kräften.

Der junge Schäfer. Ja, werde nur auf jeden Fall ein wackrer Kerl; wenn ich mich nicht verwundre, wie du das Herz hast, dich zu betrinken, da du kein herzhafter Kerl bist, so traue mir nie wieder. – Horch! der König und die Prinzen, unsre Verwandtschaft, gehn zu dem Bilde der Königin. Komm, folge uns; wir wollen deine guten Herren sein.

(Sie gehn ab.)

DRITTE SZENE

Saal in Paulinas Hause.

(Es treten auf Leontes, Polyxenes, Florizel, Perdita, Camillo, Paulina, Hofherren und Gefolge.)

Leontes. Oh, würdige Paulina, wieviel Trost
Empfing ich stets von dir!

Paulina. Was, gnäd'ger Herr,
Ich unrecht tat, meint' ich doch recht. Mein Dienst
Ist reich bezahlt, dadurch, daß Ihr geruht,
Mit Eurem Bruder und den Neuverlobten,
Einst Herrschern hier, mein armes Haus zu sehn:
Es ist ein Übermaß von Huld; mein Leben
Zu kurz, um Euch zu danken.

Leontes. Oh, Paulina,
Beläst'gung dünkt dich Ehre. Doch wir kamen,
Zu sehn der Kön'gin Standbild; deine Säle
Durchgingen wir, nicht ohne groß Ergötzen
An mancher Seltenheit; doch sahn wir nicht,
Was meine Tochter sehnlich wünscht zu schaun,
Der Mutter Bild.

Paulina. So wie sie unvergleichlich
Im Leben war, so, glaub ich, übertrifft
Ihr totes Abbild, was Ihr je gesehn
Und Menschenhand je schuf: drum halt ich's hier
Liebend gesondert: schaut, und seid gefaßt
Zu sehn, wie dies lebendig höhnt das Leben,

Mehr als der Schlaf den Tod: hier; sagt, 's ist gut.
(Sie zieht einen Vorhang weg, man sieht eine Statue.)
Recht, daß Ihr schweigt, es drückt am besten aus,
Wie Ihr erstaunt: doch sprecht – zuerst, mein König,
Ist's ihr nicht ziemlich gleich?

Leontes. Ganz ihre Haltung! –
Schilt mich, geliebter Stein; dann mag ich sagen,
Du seist Hermione: doch mehr bist du's,
Da du so freundlich schweigst; denn sie war mild,
Wie Kindheit und wie Gnade. – Doch, Paulina,
Hermione war nicht gealtert, so
Wie dieses Bildnis scheint.

Polyxenes. Nein, wahrlich nicht.

Paulina. Um soviel höher steht des Bildners Kunst,
Der sechzehn Jahre überhüpft, sie schaffend,
Als lebte jetzt sie.

Leontes. Wie sie jetzt noch könnte,
Zum süßen Trost mir, so wie nun der Anblick
Mein Herz durchschneidet. Oh! so stand sie da,
In so lebend'ger Hoheit (warmes Leben,
Was kalt nun da steht), als zuerst ich warb.
Ich bin beschämt: wirft nicht der Stein mir vor,
Ich sei mehr Stein als er! – Oh, fürstlich Bild,
In deiner Majestät ist Zaubermacht,
Die meine Sünden neu heraufbeschwört,
Dein staunend Kind der Lebenskraft beraubt,
Daß sie da steht, ein Stein wie du!

Perdita. Vergönnt;
Und nennt's nicht Aberglauben, wenn ich knie
Und bitt um ihren Segen. – Teure Kön'gin,
Die endete, als ich begann zu leben,
Reich mir die Hand zum Kuß.

Paulina. Oh, nicht so rasch!
Das Bild ist kürzlich erst vollendet, noch
Sind nicht die Farben trocken.

Camillo.
Mein Fürst, Eu'r Schmerz ist allzu tief gewurzelt;
Da sechzehn Winterstürm' ihn nicht verweht,
Noch sechzehn Sommer ausgetrocknet: kaum
Lebt Freude je so lang und Kummer nie,
Er bringt sich früher selber um.

Polyxenes. Mein Bruder,

Laßt ihm, der Ursach' hiezu gab, das Recht,
Soviel des Grams Euch zu erleichtern, als
Er gerne mit Euch trägt.

P a u l i n a. Gewiß, mein König,
Hätt' ich gewußt, daß dies mein armes Bild
Euch so bewegte (denn der Stein ist mein),
Ich hätt' es nicht gezeigt.

L e o n t e s. Zieh nicht den Vorhang.

P a u l i n a. Ihr sollt nicht länger schaun; in der Verzückung
Glaubt Ihr am End', es regt sich.

L e o n t e s. Laß, o laß.
Könnte mein Tod – doch sieh – mich dünkt bereits –
Wer war es, der dies schuf? – O seht, mein Fürst,
Ist's nicht, als ob es atmet? warmes Blut
Durch diese Adern fließt?

P o l y x e n e s. Ein Meisterwerk:
Das Leben selbst spielt warm auf ihrer Lippe.

L e o n t e s. Der Glanz in ihrem Auge hat Bewegung.
Kann uns die Kunst so täuschen?

P a u l i n a. Ich verhüll es;
Mein König ist so außer Fassung; endlich
Denkt er noch gar, es lebt.

L e o n t e s. O teure Freundin,
Mach, daß ich immer zwanzig Jahr' so denke;
Nicht die Vernunft der ganzen Welt kommt gleich
Der Wonne dieses Wahnsinns. Zieh nicht vor.

P a u l i n a. Es ängstet mich, daß ich Euch so erregt:
Ich könnt' Euch stärker noch erschüttern.

L e o n t e s. Tu's;
Denn dies Erschüttern ist so süße Kost
Wie je ein Labetrunk. – Mich dünkt noch immer,
Es atmet von ihr her: welch zarter Meißel
Grub jemals Hauch? Oh, spottet meiner nicht,
Ich will sie küssen.

P a u l i n e. Nicht doch, teurer Fürst,
Die Röt' auf ihren Lippen ist noch naß;
Eu'r Kuß verdirbt es und gibt Euch von Öl
Und Farbe Flecken. Schließ ich jetzt den Vorhang?

L e o n t e s. Die zwanzig Jahre nicht.

P e r d i t a. Auch ich stând' hier
So lange wohl, es anzuschaun.

P a u l i n a. Verlaßt

Die Halle jetzt; wo nicht, bereitet Euch
Auf größres Staunen; wenn Ihr's tragen könnt,
So mach ich, daß das Bild sich regt, herabsteigt
Und Eure Hand ergreift: doch glaubt Ihr dann
(Was ich abschwören mag), ich steh im Bund
Mit böser Macht.

Leontes. Was du sie heißest tun,
Das seh ich an mit Freuden; was sie sprechen,
Das hör' ich an mit Freuden: denn so leicht
Machst du sie sprechen wohl, als gehn.

Paulina. Ihr müßt
Den Glauben wecken: und nun alle still;
Und die, so für ein unerlaubt Beginnen
Dies halten, mögen fortgehn.

Leontes. Säume nicht;
Jedweder bleibe.

Paulina. Wecke sie, Musik!
(Musik.)
Zeit ist's: sei nicht mehr Stein, komm, steig herab;
Füll alle, die dich sehn, mit Staunen. Nahe,
Dein Grab verschließ ich: nun, so komm doch her;
Dem Tod vermach dein Starrsein, denn von ihm
Erlöst dich frohes Leben. – Schaut, sie regt sich.
(Hermione steigt herab.)
Erschreckt nicht: heilig ist ihr Tun, und auch
Mein Zauberspruch ist fromm: nicht kehrt Euch von ihr,
Sonst seht Ihr wiederum sie sterben; dann
Habt Ihr sie zweimal umgebracht. Die Hand her:
Als sie noch jung, da warbt Ihr; jetzt, im Alter,
Muß sie das Frei'n beginnen.

Leontes *(indem er sie umarmt).* Sie ist warm!
Ist dies Magie, so sei sie eine Kunst,
Erlaubt wie Essen.

Polyxenes. Sie umarmt ihn wirklich.

Camillo. Sie hängt an seinem Hals;
Und lebt sie dann, so mag sie sprechen auch.

Polyxenes. Ja, und verkünden, wo sie hat gelebt,
Wie sie dem Tod entronnen.

Paulina. Daß sie lebt,
Wenn man's Euch sagte, würdet Ihr's verlachen
So wie ein altes Märchen; doch Ihr seht,
Sie lebt, spricht sie gleich nicht. Nur noch ein Weilchen. –

Ihr, schönes Kind, müßt dies bewirken: kniet,
Um Eurer Mutter Segen. – Teure Fürstin,
Schaut her, gefunden unsre Perdita.
(Perdita kniet vor der Königin.)

Hermione. Ihr Götter, blickt herab,
Und Gnade gießt aus euren heil'gen Schalen
Auf meiner Tochter Haupt! – O sprich, mein Einz'ges,
Wie du gerettet wardst, wo du gelebt?
Wie her zum Vater kamst? dann wisse du,
Ich – durch Paulina hörend, das Orakel
Gab Hoffnung, daß du lebst –, verbarg mich hier,
Den Schluß erwartend.

Paulina. Spart dies andern Stunden;
Sonst fragt, erzählt im Schreck hier jeder, trübt
Den Wonnetaumel so. – Geht miteinander,
Ihr seligen Gewinner: nur Entzücken
Sprecht alle jetzt. Ich alte Turteltaube
Schwing mich auf einen dürren Ast und weine
Um meinen Gatten, der nie wieder kommt,
Bis ich gestorben bin.

Leontes. Paulina, nein;
Du mußt von meiner Hand den Gatten nehmen
Wie ich von dir ein Weib: so war's beschlossen,
Beschworen unter uns. Du fandst die Meine,
Wie, muß ich noch erfahren: denn ich sah sie,
So glaubt' ich, tot; und manch Gebet, im Wahn,
Sprach ich auf ihrem Grab. Nicht such ich weit
(Da mir sein Sinn zum Teil bekannt) für dich
Den ehrenvollen Gatten: – Komm, Camillo,
Nimm ihre Hand: du, dessen Ehr' und Treue
So wohl bewährt und hier bekräftigt ist
Von zweien Königen. – Kommt fort von hier. –
Wie? – schau auf meinen Bruder – O verzeiht,
Daß zwischen euren frommen Blicken je
Mein böser Argwohn stand – dies ist dein Eidam,
Und dieses Königs Sohn, durch Himmelsfügung
Verlobt mit deiner Tochter. O Paulina,
Führ uns von hier, daß dann mit beßrer Muße
Ein jeder frag und höre, welche Rolle
Wir in dem weiten Raum der Zeit gespielt,
Seit wir zuerst uns trennten. Folgt mir schnell.
(Alle ab.)

ZU DIESER AUSGABE

Der heutige Text von *The Winter's Tale* geht auf die Folio-Edition von 1623, die erste Gesamtausgabe der Werke Shakespeares, zurück. Wegen dieser ziemlich unproblematischen Ausgangssituation bieten die modernen englischen Gesamt- und Einzelausgaben weitgehend identische Texte.
Grundlage der vorliegenden Edition ist die Übersetzung von Dorothea Tieck in der Schlegel-Tieck-Baudissin-Ausgabe von 1843. Orthographie und Interpunktion wurden behutsam modernisiert. Stellen, die Dorothea Tieck teils unbeabsichtigt, teils aufgrund heute nicht mehr akzeptierter Lesarten ihrer englischen Ausgaben sinnwidrig übersetzte, erscheinen als Fußnoten im englischen Original und in möglichst wörtlicher Übersetzung des Herausgebers. Die Szenen- und Regiebemerkungen von Dorothea Tieck wurden im wesentlichen beibehalten. Im Original bestehen gerade darüber zum Teil noch erhebliche Unklarheiten.
Der Text bietet daneben manche Stellen, die sowohl im Original als auch in Tiecks Übersetzung umstritten sind und diskutiert werden müßten. Dies kann jedoch nicht in dieser Ausgabe geschehen, die auf einen einfachen Lesetext zielt.

Es ist einigermaßen sicher, daß *The Winter's Tale* erstmals im Jahre 1611 aufgeführt wurde. Nach zeitgenössischen Berichten wurde es seitdem immer wieder gespielt. Als Hauptquelle ist Robert Greenes 1588 zuerst erschienene Novelle *Pandosto: The Triumph of Time* anerkannt (1607 kam sie unter dem Titel *The History of Dorastus and Fawnia* heraus). Für gewisse Einzelheiten des Dramas hat man auf vielfältige Möglichkeiten literarischer Anregung verwiesen. Aber wie immer bleibt auch hier letztlich Shakespeares Leistung als Dramatiker das Entscheidende. Und da bietet diese späte Romanze genügend Stoff für durchaus unterschiedliche Interpretationen. So ist man z. B. heute geneigt, die Vorstellung von der »lächerlichen, zusammenhanglosen Geschichte« (Dryden, 1672) entscheidend zu revidieren. Aber natürlich stehen nicht nur formal-strukturelle Fragen zur Diskussion in einem Stück, das viele der großen Shakespeareschen Themen in einem neuen, besonderen Rahmen vereinigt.
The Winter's Tale ist offenbar nach 1640 nicht mehr sehr

häufig gespielt worden, wie überhaupt die Romanzen Shakespeares nie ganz die Popularität seiner großen Tragödien und Komödien erreicht haben. Die deutsche Erstaufführung veranstaltete Franz Dingelstedt 1859 in Weimar (mit eigener Übersetzung und Bühnenmusik von Friedrich von Flotow). Seitdem hat sich die Tiecksche Übersetzung trotz gewisser unvermeidlicher Schwächen auf dem Theater durchgesetzt.